魔王大人
Satoshi Wagahara
Illustration ■ Oniku
和ヶ原聡司
13
插畫■029
Kadokawa Fantastic Novels

CONTENTS

CHIHO
SASAKI

伊洛恩
IRON

AKU MAOUSAMA! HATARAKU MAOUSAMA
SUZUNO
KAMAZUKI
EMI
YUSA

Acies-
Ara
Alas-
Ramus

真奧貞夫
SADAO MAOU

13
Satoshi Wagahara
Illustration ■ Oniku
和ケ原聡司
插畫■029
打工吧★魔王大人
Kadokawa Fantastic Novels

序章

在黑夜帷幕的下襬即將籠罩世界的黃昏時刻，「那個」來到抗拒著黑暗生活的人類住處。

瞪視黑暗的銳利雙眸。強制吸引聽者注意的吼聲。遠比其他同族巨大的軀體。肚子裡能容納的食物分量。覆蓋全身，不輸黑暗的深邃紅色。

無論從哪方面來看，都是適合在這黃昏時刻奔馳的威容。

不過要說明「那個」有多不祥，只要用一句話就夠了。

「那個」是惡魔之王的坐騎。

無論是發出銳利光芒的雙眸、從腹部發出的吼聲、巨大的身軀還是食物的量。全都是為了讓站在所有惡魔頂點的王者騎乘而存在的。

騎著「那個」的惡魔之王，也同樣穿著不比「那個」遜色的深紅外衣，以毅然的視線看著快被黑暗籠罩的人類世界。

沒多久，惡魔之王與其坐騎便抵達在各方面都即將落入黑暗的人類住處。

不管集結多少人的力量，都無法阻止宇宙的運行，哀嘆今天的太陽也將沉淪的人類，為了

序章

守護自己的性命，對抗黑暗，拚命地在黑暗中點亮光明。

穿著深紅外衣的惡魔之王，將深紅的頭盔掛在坐騎上，朝那道光明踏出無情的一步。

相對於正準備造訪人類住處的主人，坐騎閉上眼睛、停止低吼、稍微傾斜直到剛才都在奔馳的身體邊休息邊等待。

惡魔之王漆黑的雙腳踏著有力的步伐，一步一步地接近人類的住處。

不知不覺間，惡魔之王來到了一扇不牢靠的木門面前。

對惡魔之王來說，想直接打破這扇門實在是輕而易舉。

但魔王並沒有這麼做。

他短暫集中精神，傾聽從裡面傳出來的人類聲音，下一個瞬間，他的嘴角浮現與惡魔之王相符的笑容，同時緩緩開口。

那是能讓所有聽者驚恐的聲音。

那是能喚起所有聽者慾望的聲音。

那是能讓所有聽者開門迎接魔王的聲音。

「讓您久等了！這裡是麥丹勞外送！」

「啊，果然是真奧哥！請等一下，我現在就來開門！」

隨著門對面傳來少女的聲音，靠不住的喇叭鎖跟著開啟。

「辛苦了，真奧哥！」

「……嗨，小千。」

穿著與麥丹勞招牌顏色相同的風衣，麥丹勞員工真奧貞夫稍微放鬆一開始的營業笑容，以坦率的笑臉對迎接自己的少女佐佐木千穗說道。

位於東京都澀谷區笹塚的木造二樓公寓，Villa・Rosa笹塚的二〇一號室。

那就是真奧貞夫這次麥丹勞歡樂送的目的地。

根本就是他自己家。

真奧貞夫今天早上才從這個房間到工作的麥丹勞幡之谷站前店上班。

這棟公寓確實在外送範圍內，只要有客人要求就必須外送，這是同時身為惡魔之王與麥丹勞員工的真奧貞夫的職務。

然而從背在肩上的保溫袋裡拿出漢堡套餐的真奧，在對照單據並將商品交給千穗的同時，仍擺出不像員工的不悅表情，對房間裡喊道：

「雖然我沒什麼資格說這種話，但連續兩餐都吃這分量還是太誇張了。」

「呃，對不起……我本來中午時還沒有這個打算。」

在房間內擺出愧疚表情的，是一位身材結實的中年男性。

「因為艾契斯妹妹怎麼樣都不肯聽話，不曉得她是怎麼發現諾爾德先生曾應伊洛恩的要求叫過麥丹勞的。啊，這樣訂的東西就全部到齊了。」

千穗和真奧一起對照單據，同時確認所有的商品都已經送到。

被千穗稱做諾爾德的男子，從錢包裡取出一張五千圓鈔交給真奧。

「醜話先說在前頭，你們人類崇拜的大天使，可是一個星期就胖到得看醫生的程度。雖然只要有人點餐，我就必須送達，但別忘了管理小孩的健康是大人的責任。呃，收您五千圓……找您四十五圓。」

就只有收錢和找錢的瞬間，真奧心中的員工魂讓他切換回員工的語氣。

「……嗯，我會謹記在心。」

就在無法反駁的諾爾德點頭回應時，公共走廊底下傳來一陣吵鬧的腳步聲。

「外送來了吧！」

「我肚子餓了。」

「喔哇！」

兩道瘦小的人影分別穿過真奧左右兩側，衝進二〇一號室。

「等一下，艾契斯！伊洛恩！要先確實洗手！」

接著像是追著兩人般，一位女子慌張地跑上樓。

「啊啊～你們兩個，不要從袋子裡拿出來就直接吃，至少先好好放到桌上。」

「就算妳這麼說，可是我肚子餓了！伊洛恩中午吃的是哪個？」

「這個。是叫美乃滋嗎？這很好吃。」

「美乃滋很好吃吧！不過這個我吃過了，我要先從沒吃過的開始吃！」

「中午來的人，說那個叫『期間限定』。」

「既然是限定，那不吃不行！我開動了！」

「我開動了。」

衝進來的是兩個小孩。

銀髮內參雜一撮紫髮的少女——艾契斯．阿拉，和黑髮中參雜一撮紅髮的少年——伊洛恩，像是完全沒在聽大人們的制止般，當場就開始吃起真奧帶來的麥丹勞漢堡套餐。

「你們兩個……洗手……」

一名追著艾契斯和伊洛恩進來的紫髮女子，和原本就在房內的諾爾德，一起傻眼地看著兩個孩子。

「喂，萊拉。」

直到聽見真奧低沉的聲音才發現他的女子，動作僵硬地將臉轉向真奧。

「你們根本完全被伊洛恩和艾契斯耍得團團轉嘛。」

「不，這是——」

「呃，那個……」

「看在房東太太和天禰小姐的面子上，只要有事先獲得小千或蘆屋的同意，我就讓你們自由進出二〇一號室。不過要是你們敢在這裡把飯吃得到處都是，我們魔王軍可是不會默不作聲喔。」

「「……是。」」

面對在速食店打工的魔王合情合理的提醒，即使已經一把年紀，天界的大天使萊拉和異世界的勇者之父諾爾德，還是只能默默低下頭。

接著——

「不用擔心啦！」

像是為了吹散沉重的氣氛，一旁的千穗握緊雙拳說道。

「我聽說了中午的事情後，為了讓伊洛恩和艾契斯妹妹確實攝取蔬菜，就做了水煮小松菜和高麗菜沙拉過來。」

實際上，桌上也的確擺著真奧熟悉的保鮮盒。

「此外，蘆屋先生也說如果只有肉，營養會不均衡，所以出去買魚了。雖然他一直在煩惱該買青花魚還是鮭魚。」

「這樣啊。很好很好。」

千穗無微不至的關心，和即使主人不在依然妥善照顧家裡的忠臣，讓真奧短暫地露出笑容，然後——

「給我感到羞愧啊，大人。給我感到羞愧啊，天使。」

嚴厲地指責諾爾德和萊拉。

「「實在是沒臉見人。」」

勇者的雙親坦率地對魔王的指責低頭。

「姑且不論蘆屋，比起佐佐木千穗，應該要他們先取得我的許可吧。」

明明是這房間的居民，認證順位卻比千穗還低的漆原半藏，以不認為對方會理會自己的聲音喃喃抗議。

「……那麼，謝謝各位的惠顧。期待各位能再次光臨本店。」

「辛苦了，真奧哥。你今天要上班到打烊吧。要加油喔！」

「嗯，不好意思啊，小千，總是這麼麻煩妳，回去時記得叫一下蘆屋或鈴乃。」

「好的！」

魔王將自己的家——魔王城全權託付給高中女生後，便快步走向為了外送而騎來的杜拉罕二號。

「魔王，等一下。」

就在魔王快完全走下樓時，頭上傳來了一道聲音。

抬頭一看，鄰居鈴乃正從公共樓梯稍微探出身子。

然後鈴乃的腳邊，站了一個用力張開小小的身體，努力揮手的可愛身影。

「爸爸！爸爸！」

那是在作為「父母」的真奧和惠美上班的期間，交給鈴乃照顧的阿拉斯・拉瑪斯。

「路上小心！加油！」

「……喔！」

將無法陪在女兒身邊的焦躁藏在心裡，真奧斂起表情朝「女兒」聲音的方向揮手回應，然後僅以眼神向讓自己與女兒見面的鈴乃道謝。

「好了，阿拉斯・拉瑪斯，天氣很冷，我們回去吧。」

「小鈴姊姊，我們不吃麥丹丹嗎？」

「這個嘛。要等阿拉斯・拉瑪斯再長大一點，才能像艾契斯那樣吃很多吧。」

「明明艾契斯都在吃……」

真奧在跨上摩托車戴上安全帽的同時，仍隱約聽見公共走廊傳來鈴乃和阿拉斯・拉瑪斯的聲音。

就在他因為鄰居的體貼下聽見了女兒的聲音，稍微從工作的疲勞中恢復時——

「啊，魔王大人。您工作辛苦了。」

背後傳來熟悉的聲音。

「喔，聽說你去買魚了？」

真奧掀開安全帽的面罩，輕輕朝如千穗所說外出購物回來的蘆屋舉起手。

「是的，尤斯提納夫婦的不成熟實在讓人看不下去。聽說那兩個孩子在房東太太家時，也是過著飽食終日的生活，如果我和佐佐木小姐不教他們怎麼注意健康，艾契斯和伊洛恩早晚會搞壞身體。」

「要是他們搞壞身體，不曉得會發生什麼事情呢。」

有鑑於伊洛恩來到Villa・Rosa的經過，真奧認為還是應該確實管理好質點之子們的身體狀況比較好，但看來他們身邊的人完全沒做到這點。

「辛苦你了。」

「哪裡哪裡。長遠來看，這也是為了未來的魔王軍。啊，魔王大人，晚餐吃鹽烤青花魚好嗎？」

「好久沒吃青花魚了。拜託你啦。」

真奧點了一下頭後，便解除手煞車啟動引擎。

「先走了。」

「是的，請您路上小心。」

輕輕揮完手後，真奧便騎著機車返回麥丹勞。

就在他運氣非常好地在完全沒遇到紅燈的情況下回到店裡時——

「你回來的正好，剛收到另一筆外送訂單。」

就像是在等待真奧回來般，同時擁有真奧的宿敵、勇者、諾爾德和萊拉的女兒、阿拉斯・拉瑪斯的母親等身分，現在是他職場同僚的遊佐惠美正拿著單據待命。

「住址是這裡。訂單的內容是這些。餐點再三分鐘就準備好了。現在小川和木崎小姐都出去了，所以拜託你啦，真奧先生。」

「……喔。」

不管經過多久，真奧還是無法習慣被惠美尊稱為「先生」。

「是那裡啊，那間公司已經光顧過我們很多次了。」

「沒錯。不過巧合的是，之前那裡的外送全都是由木崎小姐處理，可別讓他們失望了。」

「別提出這種不可能的要求。」

惠美惡作劇般的笑道，真奧只能回以苦笑。

麥丹勞幡之谷站前店店長木崎真弓，擁有足以媲美模特兒的身材與美貌，甚至還有許多固定支持者為了她持續來店裡光顧。

「話說我剛才有看到阿拉斯・拉瑪斯一下子，看來她很乖地在看家。」

「那孩子才不會給貝爾家添麻煩。比起這個，剛才那份訂單果然是爸爸的嗎？」

「……是啊。」

真奧簡短說明諾爾德和萊拉的狀況。

「有機會得好好向千穗道歉和道謝才行……」

「雖然妳的確是欠小千很多，但先想辦法處理一下妳父母吧。」

「……」

惠美閉口不語。

基於過去的種種原因，惠美和萊拉目前的關係可說是極為險惡。

「反正妳還沒跟她談過對吧。我不是想干涉你們的家務事，只是這樣會給我們和小千添麻煩，希望妳能盡快做個了斷。」

「我、我知道啦。」

從這個回答，就能看出惠美只是知道而已，完全沒打算行動，此時真奧瞄到櫃檯內多了個裝滿餐點的外送用保溫袋。

「唉，現在還是工作優先。我走囉。」

「……嗯。」

真奧中斷與惠美的對話，邊確認單據邊隔著櫃檯收下保溫袋，然後衝出店門。

他再次戴上安全帽，跨上機車，解除手煞車，轉動被繩子綁在皮帶上的鑰匙發動引擎，輕快地騎到太陽已經幾乎完全下山的街上。

在半路遇到紅燈停車時，真奧回想起惠美憂鬱的表情。

「她也經歷了不少事呢。」

他在安全帽內低喃道。

即使各自懷抱著自己的問題，只要持續和其他人見面與工作，就還是能窺見包含笑容在內的各種表情。

「這也是重要的日常生活。」

就在這瞬間，交通號誌轉為綠燈，真奧像是為了摒除雜念般，稍微加重轉動油門的力道。

排氣與呼氣形成一條白色的尾巴，街上已經飄散著濃厚的冬天氣息。

魔王，採取強硬態度

傍晚下班，於更衣室換好衣服返回員工間的千穗，在確認十二月的排班表有沒有問題時，突然感到有些不對勁。

麥丹勞的排班表是以名簿形式記載，千穗平常是被登記為十三號。

不過在這次發給她的排班表中，她變成了十二號。

順帶一提，真奧是九號，惠美是二十五號，這次真奧的號碼沒變，惠美變成了二十四號。

稍微思索了一下後，千穗打開用來記錄排班表的記事本並發現一件事。

「我知道了！是少了孝太哥！」

在年輕員工中也算是主要戰力的大學生孝太——中山孝太郎的欄位消失了。

「他好像說過要開始找工作。這樣啊。原來他真的辭職了。」

千穗有些感慨地重看了一次排班表。

雖然從周圍的人和本人那裡都有聽說過，不過一旦看見名字真的消失，即使不願意也必須察覺時間的流逝。

「他真的不在了……」

孝太郎是大學生，千穗是高中生，本來以為這兩個年齡相近的人應該會很聊得來，但實際上千穗並未和孝太郎聊過什麼深入的話題。

當然這並不表示兩人感情不好，在上同一個時段的班時，他們會正常聊天，孝太郎在打工方面也是前輩，所以經常指導千穗工作的事情。

不過事後冷靜回想，針對中山孝太郎這個人的事情，千穗只知道他的住處和上的大學都在幡之谷，以及興趣是玩遊戲而已。

千穗平常不玩遊戲，所以無法和他聊這方面的話題，至於大學生活的話題，同樣是大學生的員工川田武文與大木明子會是更好的聊天對象。

關於私生活的話題，就只有一次千穗提起自己有在練弓道時，孝太郎說他的女朋友也有在練西洋弓，雖然不曉得這算不算是共通的話題，但兩人後來大略圍繞「弓箭」的事情，熱烈地聊了起來。

不過兩人也只在休息時間聊了十幾分鐘。

千穗對這位名叫中山孝太郎的前輩的了解，就只有這點在幾分鐘內便能回憶完畢的程度。

即使如此，千穗身邊確實少了一個原本以為會理所當然存在的人。

這讓她純粹感到驚訝。

這種感覺，或許就和國中畢業時差不多。

明明並沒有和全校學生都很熟，但平常總是理所當然地待在自己周圍的人們，突然在某天

之後消失，讓人產生一種既難以言喻又不可思議的喪失感。

「怎麼了，小千。妳眉頭都皺起來了。」

「啊，木崎小姐。」

就在這個時候，脫下制服帽和耳機麥克風的麥丹勞幡之谷站前店店長木崎真弓走了進來，千穗抬起頭回答：

「我想趁現在將排班表抄進記事本裡，結果發現孝太哥的班不見了。」

「嗯。其實我是希望他能待到年底，但即使現在求職活動開始的期間已經延後，考慮到大學的課業和各方面的準備，多留他一個月還是會造成很大的影響。不過就算應徵到新人，要填補孝太的空缺也不是件容易的事情，真是令人頭痛。」

儘管木崎說得若無其事，但她絕對不會拿工作的事情說謊或開玩笑。

孝太郎造成的空缺非常大。

特別是對麥丹勞幡之谷站前店來說，這不僅是影響到排班表而已，少了一位與大家有默契的工作夥伴，為所有員工造成一股純粹的壓力。

「木崎小姐今天也要下班了嗎？」

千穗在看見木崎不只帽子和耳機麥克風，連領帶都解開後如此問道。

「不。我接下來要去其他店開一場緊急的區域會議。偏偏挑在這種時間。今天阿真也休息，希望別發生什麼緊急狀況就好了。」

木崎在嘆氣的同時，抬頭看向時鐘。

明明已經快到晚餐時段，店鋪負責人卻不在店裡，這樣的狀況不僅會對留下來的員工造成影響，被迫離開的負責人也會感到極為不安。

特別是今天一整天都沒有真奧的班，站在木崎的立場，其實她本人也不想去開會吧。

周圍少了一個人，實際經歷過缺人的影響後，就會發現造成的影響比平常想像的還要大。

「這個時期不管哪間店都和我們一樣人手不足。而且最近工作量又增加，或許連幹部職員都要拉出來幫忙也不一定，真的是屋漏偏逢連夜雨呢。」

木崎聳肩說道。

「因為還有很多事情要解決，所以我今天不會再回來了。我會讓你們緊急時能聯絡得到我，後續的事情就交給小川、明明和佐惠美處理吧。」

「這樣啊……」

今天不會再回來，千穗似乎將這句話解讀成其他完全不同的意思，這讓她眉間的皺紋又變得更深了。

看見千穗的表情，木崎少見地表現出難以啟齒的樣子對千穗說：

「事情就是這樣，小千如果也遇到類似的狀況，要早點說喔。」

「咦？請問是什麼意思？」

無法理解木崎的話中之意，讓千穗一時不曉得該如何回答。

「呃，坦白講，雖然我也希望小千能盡量來這裡上班直到最後一刻，但果然還是沒辦法這樣吧？」

「什麼意思？」

千穗不記得自己有請過長假或要求換班，發現她是真的感到疑惑，反倒是木崎困擾似的說道：

「現在已經是二年級的冬天了。我想妳周圍的人應該開始談論準備考試的事情了吧。」

「考試……啊？」

總算理解木崎想說什麼的千穗，反過來大喊了一聲。

「喂喂，高中生，我可不想因為本人忘記，就趁機利用對方，拜託妳多有點自覺啊。」

知道千穗是真的沒搞清楚狀況，木崎的苦笑變得更深了。

「妳馬上就要升三年級了。我不認為之前那麼煩惱的小千，會隨便選擇自己的出路。等正式開始準備考試後，就沒辦法像以前那樣排班了吧？」

「說、說得也是。」

千穗發現自己的心跳加快，就像在轉角突然被人大喊嚇到一般。

前陣子去惠美的朋友家時，自己不是才在思考這方面的事情嗎？

然而現在之所以會這麼驚訝，就表示在自己的心裡，果然還是將考試和出路視為非常遙遠的事情。

木崎比父母、老師和朋友都還清楚千穗有多煩惱出路的事情。

這是因為千穗本人曾經在打工面試時自白，之後也經常就這方面找木崎商量。

「等那個時候……真的到來，我會再跟木崎小姐好好討論。」

「拜託啦。這也是為了妳好。」

木崎之後什麼也沒說，直接走進更衣室裡換衣服。

聽著房間門關上的聲音，千穗突然將員工室的門開了一條縫，觀察店內的樣子。

「總有一天，我不會再來這裡嗎？」

自己遲早會不再來這間工作未滿一年的店。

那樣的日子一定會到來。

這件嚴肅的事實，讓千穗感到胸口一陣苦悶。

明明外面的空氣沒跑進來，她依然覺得身體變冷了，就在千穗重新穿好上班時穿來的羽絨外套並嘆了一口氣時——

「妳怎麼還在啊？」

「呀啊！」

這次她換因為有人從背後拍她的肩膀，而單純嚇得跳了起來。

「妳穿得還真厚。」

披了一件風衣的木崎，好奇地看著不只羽絨外套，還將自己從頭到腳都包得厚厚的千穗。

「啊，因為我之後還要去別的地方……」

「這樣啊。穿得暖一點是很好，不過外面已經變暗了，要早點回家喔。」

木崎以大人的身分做出這番極為理所當然的提醒，千穗也坦率點頭。

接著木崎站到千穗旁邊，和千穗一樣從員工間的入口看著店內說道：

「話先說在前頭。」

「是、是的。」

「這裡不是妳能待一輩子的地方。對阿真、佐惠美，當然還有我而言，這間店只是人生的過渡地帶。至於停留在這裡的時間，每個人都不盡相同。」

「……我也還沒待滿一年。」

「如果小千覺得在這裡工作的這段時間仍算短，那我個人是覺得很高興。」

即使只是過渡時期，千穗仍率直地表示自己在這裡還只停留了一段短暫的時間，木崎對這樣的她投以溫柔的微笑。

「多煩惱一點沒關係。自己過去某個瞬間的選擇，以及自己接下來將做的選擇是否正確，世界上那些看起來一臉得意的大人們，其實也都是一直煩惱著這些事情過來的。」

被重新這麼一說，千穗也覺得這是理所當然的事情，但直到有人對自己這麼說為止，她甚至完全沒想像過這點。

再次透過門的縫隙觀看麥丹勞員工們的背影，千穗嘆了口氣。

大家也都是如此吧。

真奧和惠美，也都是如此吧。

「……辛苦了。我先告退了。」

「嗯，路上小心啊。」

至少這並非一個人在這裡煩惱，就能找出答案的問題。

千穗朝木崎低頭行了一禮後，便迅速將東西塞進包包，離開店裡。

隔著一扇自動門的外面，充滿冰冷的空氣，並逐漸奪走因為工作而變得溫暖的身體和臉頰的溫度。

「接下來要做出的選擇是否正確嗎，唉……」

等千穗的嘆息在空中消散後——

「得快點才行。」

她毅然地踏出腳步。

今天是千穗將在Villa・Rosa笹塚二〇一號室，首次見證真奧和萊拉「交涉」的日子。

※

安特・伊蘇拉與地球，橫跨兩個世界發生的混亂的源頭，同時也可以說就是在背後牽線的罪魁禍首，大天使萊拉。

她這個勇者艾米莉亞・尤斯提納亦即遊佐惠美的親生母親，終於在真奧等人面前現身。

從十六年前起就和志波美輝有所連繫的萊拉，被認為握有許多和阿拉斯・拉瑪斯、艾契斯・阿拉與伊洛恩等從質點誕生的孩子有關的情報。

從「基礎」質點誕生的兩個孩子，對真奧來說已經是不可或缺的重要存在，萊拉的出現，對真奧和惠美等人而言，就像是生存所需的重要情報直接化為人形出現一般。

然而過去必須自己一個人面對各種由萊拉發起的悲劇和混亂的惠美，無法接受這位似乎是自己「母親」的女性不具惡意的隨便態度，與其所作所為之間的落差，因此選擇拒絕萊拉。

一開始打算從萊拉那裡問出各種情報的真奧，在對話的過程中態度逐漸轉為強硬，最後終於也拒絕了她。

持續在世界的表面舞臺戰鬥的兩人，與在世界的背後到處奔走的一人，從再會開始別說是平行線了，彼此的距離根本是愈來愈遠。

就這樣過了幾天後，惠美和千穗搭乘的地下鐵遭到某人襲擊。

襲擊者是一道漆黑的人影，對方能讓惠美的聖劍穿透，也不將身為地球質點子孫的大黑天禰的力量放在眼裡，甚至還在戰鬥的最後讓萊拉身受重傷。

萊拉知道人影的真面目，在得知地下鐵襲擊事件也是萊拉的計畫引發的麻煩之一後，真奧和惠美對她的態度又更加強硬了。

兩人心中共通的想法，就是再也不想任由其他人擺布。

尤其兩人現在共通的職場麥丹勞幡之谷站前店的新營業型態，麥丹勞歡樂送又在經歷了漫長的準備期間後正式開始運作，異世界的魔王與勇者，現在光是為了維持自己的生活就已經竭盡全力。

不過半強制地要求兩人與萊拉協商的人，正是志波美輝與大黑天禰。

志波與天禰抓到了襲擊地下鐵與讓萊拉受重傷的漆黑人影。真奧和惠美因此被迫面對黑影的真面目，就是從安特．伊蘇拉的「嚴峻」質點誕生的少年伊洛恩的事實。

伊洛恩的身體出現異變，與萊拉懷抱的祕密有關，按照萊拉的說法，若持續擱置她的問題，不曉得未來會對真奧和惠美的「女兒」阿拉斯．拉瑪斯，以及其妹艾契斯．阿拉造成什麼

樣的影響。

即使如此，真奧仍在不願與萊拉對話的惠美面前，與萊拉定下只要有千穗、蘆屋或漆原當中的一人以上同席，就願意在Villa・Rosa笹塚二〇一號室和她交涉的約定，惠美也在真奧的刺激下，答應與萊拉進行交涉。

發生在伊洛恩身上的異變，並不會馬上發生在阿拉斯・拉瑪斯和艾契斯身上，但包含志波於漆原的病房提到的「安特・伊蘇拉的人類的危機」在內，某個既危險又不確定，甚至不曉得何時會降臨的模糊不安，確實橫跨在真奧和惠美，以及他們凝視的遙遠未來之間。

※

或許是因為內心的不安所造成的影響，已經不曉得造訪過多少次的Villa・Rosa笹塚，看在千穗眼裡彷彿變成了別的建築物。

總是讓人覺得有熟悉的臉孔在等待自己，為人帶來安心感的窗戶燈光，今天看起來也莫名冷清。

明明平常只要一踏上公共樓梯，就能聽見蘆屋、鈴乃和漆原的爭吵聲，今天卻安靜無聲。

共用走廊前方，像是空無一人般寧靜，也感覺不到鈴乃或阿拉斯・拉瑪斯的氣息。

千穗甚至陷入一種所有珍惜的人都丟下自己消失的錯覺，這讓她戰戰兢兢地按下二〇一號室的門鈴。

「小千嗎？門沒鎖。進來吧。」

千穗忍不住將自己憋住的氣全吐了出來。

儘管語氣僵硬，但那確實是真奧的聲音。即使對產生毫無根據不安的自己感到有點沮喪，千穗還是在想起自己接下來的職責後，下定決心打開門——

「打擾了…………」

然後當場僵住。

「……妳、妳好，千穗小姐……」

「喔，小千。上班辛苦了。」

「快點把門關上，很冷耶。」

並非比喻，室內的氣溫極低。

明明沒有風從空隙灌進來，二〇一號室內的氣溫還是讓人覺得比外面低了兩、三度。

而在房間內等待千穗的三道身影，也清楚印證了這個事實。

身為一家之主的真奧，頭上戴著毛線帽，將UNI×LO的超輕羽絨外套拉鍊拉到最高，腳上似乎還套了兩雙襪子。

從肩膀的厚度和不自然重疊的後領來看，坐在電腦桌旁背對玄關的漆原也明顯穿了好幾套衣服，他的腿上甚至還蓋了一件毛巾被。

打扮唯一稱得上普通的只有萊拉，她只穿著一件偏厚的連身裙，除此之外完全沒準備任何防寒措施，再加上萊拉的頭髮於前陣子的地下鐵襲擊事件中變成紫色，讓她的臉色看起來比平常還要難看了兩成。

由於室內實在太冷，千穗甚至懷疑是不是真奧塞在壁櫥裡的魔力洩漏出來，不過即使沒特別活化聖法氣，自己的身體狀況也沒產生什麼變化。

換句話說，這單純只是室內真的很冷而已。

「看吧，就跟我說的一樣。小千在這種重要時刻絕對不會出錯。她總是會預先想好後面的兩三步，細心做好準備。妳該向她多學習一點。」

「咦、咦？」

而且真奧還突然莫名其妙地誇獎千穗，這又更加深了她的混亂。

「可、可是誰預料得到這種狀況啊。這個房間不是整修過好幾次了嗎？為什麼會比外面還冷啊？」

萊拉的抗議，同時也是千穗的疑問。對此一家之主的回答非常簡潔。

「因為這裡就是這樣的公寓。」

「……唔！」

面對惡魔之王冷靜的宣言，大天使也只能啞口無言。

「佐佐木千穗，把門關好啦。」

「啊，好、好的，對不起。」

漆原稍微加重語氣回頭喊道，千穗慌張地走進房間關上門。

雖然就算把門關上，室內也沒有變暖，但漆原還是姑且罷休了。

「……千穗小姐知道嗎？」

「知、知道什麼？」

「這房間……這麼冷……」

「咦……呃……」

千穗稍微思考了一下萊拉的問題，然後想起自己身上穿的衣服。

中意的禦寒耳罩和圍巾。厚實的羽絨外套裡面還有件毛衣，牛仔長褲底下也穿了雙保溫效果極佳的褲襪。

雖然根據天氣預報，今天的最低氣溫是五度，但由於最高氣溫是十四度，所以千穗在去上班時還稍微流了一點汗，不過現在這樣倒是剛剛好。

「我、我不知道。可是一想到晚上要來這裡，就自然穿成這樣了。」

「自然？」

相較於一臉驚訝的萊拉，真奧滿意地點頭。

「因為小千知道我們家沒有任何暖氣設備啊。我就知道細心的小千一定會自然地做好這種程度的準備。」

「「這有什麼好得意的？」」

連原本就住在這房間的漆原，都忍不住站在萊拉那邊。

「佐佐木千穗也別太寵真奧了！」

「呃，不，我沒這麼想過……」

「就是因為妳總是偏袒真奧，才會連蘆屋都得意忘形地說不需要暖氣！妳看看這個！」

說完後，漆原從腳邊拿出一個看起來很重的袋子。

「保暖熱水袋！他居然說因為買了這個，所以要等過年才拿被爐出來！」

「保、保暖熱水袋有什麼不好。我晚上睡覺時也會用……」

「那是睡覺的時候吧！妳平常白天在家時，會抱著保暖熱水袋嗎？」

「不會。」

「漆原，嘴巴放乾淨點。小千沒有錯。保暖熱水袋是好東西。」

「這不是保暖熱水袋好不好的問題！要是知道真奧說過這種話，因為侵略安特・伊蘇拉而死去的魔王軍們，可是會在另一個世界哭到變成人乾喔。」

「吵死人了。買空調或暖爐才會讓我的銀行帳戶乾掉。」

「你以為魔力是拿來做什麼的啊啊啊啊！」

在覺得漆原會這樣講也是理所當然的同時，千穗在發現真奧和漆原的樣子意外地與平常沒什麼兩樣後，總算稍微放鬆了一點。

接著就像是看準了千穗的心情變化般——

「千穗！千穗是不是在這裡！」

「艾契斯妹妹？那個，真奧哥……」

門外傳來吵鬧的敲門聲和說話聲。

「真奧！就算你想不讓我的鼻子聞到千穗的味道，也只是要批發商用擦菜板，沒那麼容易（註：改編自日本諺語「批發商不會照客人要求的價格給貨」，引申有「不會輕易讓對方得逞」之意）！」

「那傢伙到底在說什麼……」

「我們肚子餓了！既然千穗來了，房間裡應該有炸雞塊吧！」

「我、我剛從打工那裡過來，所以今天什麼都沒帶。」

真奧苦惱地安撫因為面對艾契斯過於直率的慾望，而變得坐立不安的千穗。

「啊～沒關係啦，小千，不用在意。這是理所當然的。」

「咦？沒有嗎？什麼嘛，真遺憾。」

然而此時抱怨的人，意外地是漆原。

「最近為了讓艾契斯和伊洛恩學會注意健康，蘆屋和貝爾都減少了配菜的數量，所以我本來還有點期待佐佐木千穗帶炸雞塊過來。」

「漆原，虧你有辦法這麼直接地將小千的善意當成食物看待呢。」

「那、那個，對不起，我下次會帶過來。」

「小千沒什麼好在意的，不用那麼拘謹。這傢伙自從出院後，真的變得很厚臉皮。」

「什麼叫做厚臉皮。不管是住院時還是出院後，都沒有人擔心我的身體狀況。大家都只關心蘆屋或艾米莉亞的朋友。在這種時候希望能多一道配菜，應該不算太過分吧？」

「你說這些話應該不是認真的吧。」

從真奧的立場來看，雖然漆原的確有住院，但他的身體根本沒出現值得別人關心的變化。

「我才想問你是不是認真的？因為天禰小姐和房東太太直到最後，都沒告訴你我為什麼住院吧？」

「她們只有說房東太太不可思議的力量……對你的身體造成了不好的影響而已。」

之前漆原住院時，除了志波的親戚以外，千穗是唯一有在現場的人。

在向天禰打聽關於地球質點的祕密時，千穗曾經間接暗示漆原偷聽，不過就在天禰快要鬆口時，房東回來了。

漆原就這樣在昏倒的狀態下被送到醫院。

在那之前，漆原曾在大天使卡邁爾襲擊千穗就讀的高中時，為了保護千穗和鈴乃受傷，如果他是因為這些傷才住院，那還有體諒和關心的餘地，不過單純見到房東志波美輝，實在沒什麼好在意的。

「就連現在也一樣，我只要一靠近房東太太，頭髮的顏色就會變淡喔？這樣絕對很奇怪吧！」

「你的髮量很多，讓人看了就煩，所以變少一點正好。」

「誰跟你說我的頭髮變少了？我是說顏色啦，顏色！」

「唉，吵死人了。不過說到顏色變淡。萊拉，妳有遇過這種現象嗎？」

「不。自從讓你治療過後，我的頭髮就一直是這樣。就算和志波小姐見面，也沒產生什麼特別的變化。」

萊拉髮色的變化和漆原正好相反。她的頭髮原本是銀色，但在被真奧以魔力治療過傷口後，髮色就變成像漆原那樣的紫色。

「姑且不論外表，身體倒是沒因此出狀況。」

「漆原的身體狀況也沒變差，不過是頭髮的顏色，別再發牢騷了。反正你又不出門，只要別接近房東太太就沒問題了吧。既然和卡邁爾戰鬥的傷沒產生後遺症，那就沒什麼好抱怨的了。」

「是這樣沒錯啦。」

即使漆原依然一臉不滿——

「我聽到你們在講配菜的事情了！快點乖乖放棄，把門打開！」

但比漆原還吵的大胃王只聽見和食物有關的詞彙，在走廊上大吵大鬧。

真奧無奈地起身，在請千穗進房後便像是為了代替她般，走到玄關前面開門。

「哈囉，千穗哇啊！」

就在這個瞬間，因為覬覦不存在的千穗的料理而一臉食慾全開的艾契斯，突然化為紫色的光點，被吸進真奧的體內。

「給我回狗屋裡去。」

這是只有和艾契斯是融合狀態的真奧，才能辦到的封印艾契斯的粗暴技巧。

「啊~吵死人了。等我們談完後就會放妳出來，妳稍微安分一點。還有小千今天剛下班很累，別再給她添麻煩了！」

艾契斯想必正在真奧腦中全力展開抗議活動，或許是就算摀住耳朵也沒用，真奧皺起眉頭回應。

「咦？艾契斯在哪裡？」

不過在走廊的不只艾契斯。

以比她低調的樣子探出頭的，是臉色變得比之前健康幾分，在穿上諾爾德和萊拉買給他的日本衣物後和普通少年沒什麼兩樣的伊洛恩。

這麼說來，艾契斯在開門前的確說了「我們」。

從萊拉和天禰說的「失控狀態」平復下來的伊洛恩，最近大部分都是和艾契斯一起行動，而諾爾德、萊拉和天禰每次都會被他們耍得團團轉，或是因為兩人的食慾而被迫支出意外的費用，但今天這兩位質點之子的鼻子莫名地靈通。

他們大概是聞到千穗的味道，還是千穗身上麥丹勞的味道，因為預期有人帶食物過來，才來到這裡吧。

「你也別總是任憑艾契斯擺布。要是跟在這傢伙後面，遲早會遇到對於一個人來說非常丟臉或難堪的事情。」

真奧指著自己的頭規勸伊洛恩，然後再度像是覺得吵般皺起眉頭。

即使耳朵聽不見，千穗仍清晰地想像出艾契斯大喊「別說這種失禮的話」的景象。

「我想盡可能待在她的身邊。」

令人意外的是，少年說出了這樣的話。

「我們一直都分散各地。能像這樣每天一起吃飯，我到現在都還覺得不敢置信。這幾天簡直就像在作夢一樣。」

「我也是到現在都還不敢相信你們每天吃了多少東西，耗費的伙食費也不是夢，是冷酷的現實。」

「啊哈哈……哈哈。」

非常清楚艾契斯和伊洛恩的食慾有多旺盛的千穗，也只能苦笑。

不過在發現某件事後，千穗逐漸收起笑容。

艾契斯和伊洛恩雖然展現了令人難以想像的食慾，但他們的體型完全沒有變化。

然而過去曾經實際和真奧等人動過干戈、現在各自拿著漢堡和炸雞互相敵視的肯特基炸雞店幡之谷店店長——猿江三月亦即大天使沙利葉，在對木崎著迷後，每餐都吃大量的麥丹勞套餐，導致他在短短的期間內，變胖到令人驚訝的程度。

就吃一大堆食物的反應來看，不用想也知道沙利葉和艾契斯他們哪一邊比較正常，講是講大量，沙利葉吃的量仍遠比艾契斯和伊洛恩少。

只有艾契斯和伊洛恩展現如此誇張的食慾，背後該不會有什麼無法僅以大胃王來解釋的理由吧？

就在千穗想要壓抑從心頭湧上的曖昧不安時，伊洛恩接下來開口說出的話，又將她推進了不安的大海裡。

「可是如果這不是夢而是現實，那這裡就不是我們的歸宿。」

「……唔。」

倒抽一口氣的是千穗，還是真奧，或許是他們雙方也不一定。

「無論是我、艾契斯，還是阿拉斯．拉瑪斯，都有必須回去的地方。大家都在等我們回去。不過，要是像我之前那樣失去自我，或許下次就無法回去了也不一定。」

「別再說了。」

真奧的語氣突然變得嚴厲，但伊洛恩仍毫不在意地說道。

「我有許多想見的人。希望你們能助我一臂之力。」

「我不是叫你別再說了嗎？」

「……伊洛恩，拜託你，克制一點。」

直到萊拉因為感覺到真奧散發出危險的氣息，以低沉又尖銳的聲音出言制止後，伊洛恩這才罷休。

「我知道了。對不起。」

伊洛恩坦率道歉，向真奧低頭行了一禮，接著他轉向表情僵硬的千穗，再次低頭說道：

「我也要向千穗說對不起。我總是讓千穗感到害怕。」

「咦……啊。」

千穗絕對沒有被伊洛恩嚇到。不過從質點誕生的少年，似乎敏感地察覺到盤據在千穗內心的另一種完全不同的恐懼究竟是什麼。

「無論是第一次見面時，還是之前那次都是如此。我明明必須保護像千穗這樣的人。」

「保護，像我這樣的人？」

「明明不管向千穗道歉幾次都不夠，千穗依然每次都為我做出美味的飯菜。溫柔地對待我。我……卻打算從千穗身邊奪走重要的東西。我已經不曉得該怎麼做才好了。」

「伊洛恩……？」

「喂，你給我適可而止……」

「啊！原來你在這裡啊！」

就在這個時候，從公共樓梯那裡傳來諾爾德慌張的聲音。

「對不起，我稍微一個沒注意，他們就趁機跑出去了。」

最近經常被真奧說教的諾爾德，現在看起來完全就是個煩惱該如何和鄰居來往的父親，他環視了一下周圍後開口：

「艾契斯和你融合了嗎？」

「……出來吧。」

「喔哇！」

像是被真奧一臉不悅地吐出來般出現在空中，就這樣掉到榻榻米上的艾契斯，依然不屈不撓的站了起來，忽視真奧面向千穗說道：

「千穗，妳還是重新考慮一下比較好。」

「咦？考、考慮什麼？」

「就是真奧啊！喜歡上這種男人一定會害自己受傷！和真奧結婚絕對會很辛苦啦！」

突然跳出「結婚」這個詞，讓原本就已經產生一股難以言喻的緊張感的千穗，思考瞬間突破臨界點。

「艾艾艾艾艾契斯妹妹？怎、怎麼了？妳突然在說什麼啊？」

「就是字面上的意思啊！千穗剛才也看到了吧！真奧每次只要一遇到對自己不利的狀況，就會強制和我融合！將來一定會變成只會說吃飯洗澡睡覺、態度旁若無人又大男人主義的沒用老公好痛啊啊啊啊啊啊！」

就在艾契斯賣弄不曉得是從哪裡學來的昭和風格臺詞，讓千穗的思考開始空轉的瞬間，一道低沉的聲響，讓艾契斯吐出難以想像是神祕質點化身的難聽慘叫。

「剛才那下感覺很痛。」

「等、等一下，撒旦，艾契斯是女孩子，所以對她溫柔一點……」

真奧華麗的鐵拳制裁，讓至今一直採取靜觀態度的漆原和萊拉忍不住產生反應。

「能讓說不聽的小鬼乖乖安靜的方法，我只知道這種而已。」

真奧直接緊緊抓住艾契斯的頭和脖子，強制將她帶出二〇一號室交給諾爾德，然後用力關上大門。

雖然真奧說他已經讓艾契斯安靜，但走廊外仍不斷傳來艾契斯的怨言、詛咒和肚子餓了的聲音，真奧徹底無視這些，替門拴上門鍊，像是發自內心感到疲憊般嘆了口氣。

「……抱歉啊，小千。」

「是、是的？」

「那個……妳別太在意伊洛恩和艾契斯說的事情。」

「咦，啊，好、好的。」

思考陷入空轉的千穗幾乎是反射性地點頭。在看見真奧像是要再度與萊拉對峙般坐到榻榻米上後，千穗總算回想起自己今天來到這個房間的理由，她敞開羽絨外套，跟著坐了下來。

所以千穗無法將自己冷靜下來後，開始浮現在自己腦中的那個雖然輕微，但散發硬質存在感的疑問說出口。

因為在這個場合下，那是個完全沒有意義的問題，是極為個人的疑問。

千穗知道自己被叫來這裡的理由。

那就是見證這場似乎關係到異世界安特．伊蘇拉人類的命運，魔王與大天使的會談。

被其中一人直接指名為見證人，而且對方還是自己心儀的真奧，這對千穗來說是件值得高興的事情。

這是個能待在真奧身邊，幫上真奧的忙，並成為真奧力量的絕佳機會。

所以千穗無意識地吞下那句話，封閉自己繁雜的思考。

真奧是要自己別在意伊洛恩和艾契斯說的那些話的哪些部分呢？

※

雖然千穗被選為真奧和萊拉會談時的見證人，但她其實不太理解兩人究竟要討論什麼。

從發生在漆原病房內的事情來看，萊拉恐怕是想借用真奧和惠美的力量，來打破安特．伊蘇拉的質點們陷入的困境。

萊拉過去的所有行動應該都能歸結到這個目的，換句話說，綜合千穗所知的全部事實，無

論是年幼時的真奧成為魔王撒旦，還是惠美以勇者艾米莉亞的身分和真奧敵對，全都是萊拉刻意為之的狀況。

真奧這邊有構成阿拉斯．拉瑪斯原型的「基礎」碎片。惠美這邊也以進化聖劍．單翼的形式，握有「基礎」的碎片，萊拉和與地球的質點關係密切的Villa．Rosa笹塚房東志波美輝都同樣擔憂「安特．伊蘇拉人類」的未來，但真奧和惠美的衝突卻為那些人類帶來了莫大的犧牲。

而且千穗自己雖然不是安特．伊蘇拉的人，但她手中同樣握有一片安特．伊蘇拉的「基礎」碎片。

千穗最近為了不弄丟鑲有碎片的戒指，還特地買了一個附鎖的首飾盒，將戒指裝在裡面隨身攜帶。

高中生的身分，讓千穗不能大刺刺地戴著鑲有寶石的戒指，而打工時當然也禁止配戴任何首飾，所以千穗將戒指戴在手上的時間原本就不多。

儘管擁有碎片就代表會被天界的天使盯上並有生命危險，但如今千穗周圍已經有力量強到不將天使放在眼裡的真奧和惠美，以及天禰和志波等強大的存在保護。

更重要的是，考慮到千穗獲得這只戒指的場所，以及將戒指託付給千穗的人是誰，現在也在日本生活的萊拉和加百列沒跟千穗取回戒指這件事，應該包含著某種意義。

千穗至今接觸到的龐大謎團中心，總是有「基礎」質點碎片的存在。

今天這個謎團或許將被解開。

「總之，我想讓千穗小姐看看這個。」

「啊，是的。咦？這是，咦？」

表情嚴肅地回想起至今發生的許多事情的千穗，反射性地收下從旁邊遞給自己的某個東西，並在確認那是什麼後瞪大眼睛。

那是個普通的文件夾。

自然地收下這個看起來在每間便利商店或文具店都買得到的藍色封面文件夾後，千穗打開文件夾，並因為發現一件奇怪的事情而交互看向萊拉和真奧的臉。

這再怎麼說，都太奇怪了吧。

「呃……世界的危機……咦？」

這個百圓商店賣的文件夾——Ａ４尺寸，附十二個文件套——裡面，真的裝了一個世界，不對，一顆行星的危機嗎？

打開文件夾後，第一個文件套裡裝的是一張設計只比現代公民館開的文化教室傳單稍微好一點的資料封面。

以充滿立體感的彎曲文字寫的標題是「關於干涉生命之樹所能推測出的安特．伊蘇拉人類的危機」，白色的部分還硬被加上七彩的漸層色，這些都被印在大為偏離Ａ４紙中心的部位。

「……萊拉小姐。」

「為了方便閱讀，我想了很多種排版呢。」

看見萊拉露出得意的眼神，千穗嘆了口氣。

這好歹也是一場危機。

而且既然是人類的危機，那這個問題應該關係到許多人命才對。

用這種彩虹般的顏色也太說不過去了吧。

「這種文字的電腦繪圖，還是文字的設計，是叫什麼來著？」

「文字特效。而且還是很舊的版本。」

漆原回答。

「我的電腦裡沒有能用那個的軟體，所以我也不太清楚，但至少現行的版本應該無法輕易使用那種設計。」

「啊，我記得小學的時候，老師曾經在視聽教室用大電腦教我們這個……」

「當、當時還是最新款啦！」

由於承受現代電子文明恩惠的漆原和千穗的反應都很冷淡，原本得意的萊拉這次換羞紅著臉辯解。

然後透過這一連串的對話，千穗確認了眼前這位自稱「大天使」的「異世界勇者的母

親」，是利用自己的電腦製作這些資料。

「雖然不像現在這樣能夠既簡單又便宜地買到，但我當時還是努力工作買了一臺！之後也為了替家人存錢而認真工作。」

「萊拉最早是在十七年前來日本的吧？當時的桌上型電腦的C槽，應該只有2GB或4GB吧？」

「再怎麼說也不可能一直用十七年前的東西吧！我十年前買了一臺來換，所以硬碟容量有60GB，商用軟體也是當時的最新版本！除此之外，我平常還是有其他機會接觸電腦啦！」

儘管萊拉做出反駁，但大家希望她反駁的並不是這種事情，而且在電腦的領域中，十年前的最新款，現在已經是想找也找不到的古董了。

「這臺筆記型電腦，雖然是真奧幾乎等於被人騙才買回來的舊機種，但C槽也有80GB。十年前的作業系統現在早就沒人在更新了。那臺電腦很危險喔。」

「沒關係啦！反正我又沒連上網路！」

千穗曾經親身體驗過萊拉強大的力量，因此至今仍無法徹底將她視為像真奧與漆原那樣親近的存在。

不過看見大天使和墮天使以這麼悲慘的水準在爭論自己的電腦配備，讓她覺得有些好笑。

事到如今，這對千穗來說並不是什麼值得驚訝的光景。

「不能上網的十年前的電腦，到底有什麼存在價值？」

「如果只是想上網，那用薄型手機還比較簡單吧！」

在看見萊拉從放在房間角落的皮包拿出薄型手機時，千穗確認了一件事。

「果然是親子呢。」

「咦？千穗小姐，妳說什麼？」

「啊，不，沒什麼……」

千穗慌張地掩飾自己不小心脫口而出的話。

雖然在之前的地下鐵襲擊事件後，萊拉和惠美間的距離看起來有稍微縮短了一點，但惠美至今仍未做好面對母親的覺悟，萊拉也不曉得該如何對待女兒，因此兩人現在別說是和解了，就連話都沒辦法好好說。

若稱這樣的兩人為「親子」，萊拉應該會很高興，但惠美一定會覺得討厭。

「該怎麼說才好，感覺萊拉小姐和普通人沒什麼不同呢。」

「哎呀，這對我個人來說，算是令人高興的感想呢。因為我不想當什麼天使，反而一直希望能成為更親近的存在。」

儘管萊拉以善意的方式解讀千穗的話，但漆原潑冷水般的說道：

「佐佐木千穗剛才說的話裡也有『這個人跟原本想像的不太一樣』的意思在，妳這麼坦率

地感到高興也有點奇怪。」

「漆原先生！」

千穗忍不住出聲抗議。

「我說的沒錯吧。妳基本上既不怕天使也不怕惡魔，而且動不動就對我或沙利葉說『這個人真的是天使嗎』之類的話。」

「或許的確是這樣沒錯。」

「呃，才沒有……偶、偶爾可能有說過也不一定。」

「連真奧哥都這麼說？」

如果只有漆原也就算了，被真奧這麼說後，千穗難以避免地受到打擊。

自己其實擺出了諷刺或挖苦的態度，只是自己沒有意識到而已嗎？

儘管千穗因此感到沮喪，但真奧想表達的意思，和漆原有點不太一樣。

「呃，該怎麼說才好，因為小千的情緒或是內心，遠比一般人要來得堅強，所以像我們這種程度的惡魔或沙利葉和加百列那種程度的天使，還沒辦法讓小千產生敬畏的心情。」

「那、那個，姑且不論那些天使，我很尊敬真奧哥你們喔。」

即使陷入混亂，千穗依然明確地排除了天使的部分，這讓原本在萊拉面前擺出嚴肅表情的真奧忍不住笑了出來。

「雖然我很高興妳這麼說，但總而言之，小千只要維持現在這樣就好了。」

「啊哇哇哇哇哇哇……」

千穗好像有搞懂又好像沒搞懂真奧想表達的意思，她慌張地想要起身，但萊拉溫柔地按住她的肩膀加以制止。

「沒關係，沒關係啦。」

「什什什什什什麼沒關係。」

「我知道千穗小姐沒有惡意，不介意的話，可以請妳看一下這個嗎？」

「這個？啊，對了，還有這個……」

雖然因為漆原多餘的一句話偏離了話題，但事情的開端還是萊拉準備了不像天使整理的資料。

總之即使標題完全讓人感覺不到世界危機的氣息，千穗還是下定決心翻開了第一頁。

※

地球過去也曾經有生命之樹(sephiroth)，以及從生命之樹誕生的質點。

而安特．伊蘇拉也有相同的生命之樹與質點。

生命之樹如同字面上的意思，是一棵巨大的樹木，質點可以說就是那棵樹結出來的果實。目前無法斷定地球和安特·伊蘇拉的生命之樹是否為相同的存在。

生命之樹只會在呼吸氧氣作為能量來源的脊椎動物興盛、並且有類人猿誕生的星球出現。然後它會寄生在最靠近也最能影響該星球的衛星，或是相對應的天體上，從存在於星球上的類人猿當中，選出「擁有文明的人類」加以培育。

生命之樹並不會挑選人類，它採取的形式，基本上只是在協助於進化與淘汰的歷史中，確定將掌握霸權的物種進化。

地球過去也存在基因上與現代人類不無關連的人屬物種，生命之樹並未排除他們，要是他們能在這顆行星上變得比現代人類的祖先更加繁榮，那就會是他們被生命之樹認定為「擁有文明的人類」。

那麼「會培育擁有文明的人類的樹」，究竟是什麼樣的存在呢？

遺憾的是無論萊拉或天界，都無法釐清它的真面目。

只有一項事實，是天界過去曾經觀測到的現象。

生命之樹會在某個時間點生下「最後的質點」，然後基於生物學上的意圖離開原本紮根的星球，消失到宇宙中。

這就是為何無法確認地球與安特·伊蘇拉的生命之樹是否為同一棵的原因。

到目前為止，萊拉確認過三個生命之樹的痕跡，但現在唯一能確定存在的，就只有安特．伊蘇拉的生命之樹。

總而言之，生命之樹在選出該進化的人類後，便會生出用來幫助他們的「孩子們」。

那就是從生命之樹誕生的十個質點。

思考與創造的「Kether（王冠）」、智慧的「Chochmah（智慧）」、理解的「Binah（理解）」、慈悲的「Chesed（慈悲）」、嚴峻的「Geburah（嚴峻）」、美麗的「Tiphareth（美麗）」、勝利的「Netzach（永遠）」、榮譽的「Hod（榮譽）」、基礎與精神的「Yesod（基礎）」，以及王國和物質的「Malkuth（王國）」。

質點的任務，是在人類面臨「危機」時提供協助，避免人類徹底滅亡。

思考、創造、智慧、理解與美麗，協助人類找到從疾病、災害與爭執中保護自己的方法；勝利和榮譽產生競爭，協助人類提升文明；嚴峻和慈悲誕生出競爭用的戰爭，或是協助人類消弭爭執；基礎和精神，以及王國和物質，協助人類的個體和人類的集合體調整到理想狀態。

質點們絕對不是人類的守護者，同時也不會干涉人類的歷史。

不過無論是以什麼樣的形式，只要人類的文明無法在面臨滅絕危機時迴避那個危機，質點們就會為了讓人類存續使用他們的力量。

然而在安特．伊蘇拉，不管是生命之樹還是質點，這項功能都被封印了起來。

這是因為天界的天使們壓制了安特．伊蘇拉的生命之樹，獨占了所有質點。

由於天界介入了安特．伊蘇拉的人類和質點之間，因此天界的天使們對安特．伊蘇拉的人類來說，確實就是能引發奇蹟的「上天使者」。

但這也因此產生了許多弊害。

首先是大為延遲了安特．伊蘇拉的全體人類，在科學技術方面的進步。

然後安特．伊蘇拉的人類，發現了名叫聖法氣與魔力的「資源」。

基本上只要是在生命之樹寄生的行星環境誕生出來的人類，全都擁有相當限定的特徵，彼此之間也極為相似。

因此若安特．伊蘇拉的人類正常地進步，即使會有一些程度上的差異，他們應該還是會像地球的歷史那樣，發展出治療人類的醫療、戰鬥用的武器產業，以及讓生活更加便利的科學技術。

不過天使的介入，讓安特．伊蘇拉的人類錯失了發現或創造出這些技術的機會。

天使利用天使原本就擁有的力量，直接拯救了人類的危機。

而在見識過那股力量後，安特．伊蘇拉人追求的不再是能夠促使人類持續進步的創新技術，而是重現上天的使者使用的奇蹟力量。

換句話說，就是將聖法氣當成能量來源後，顯現出來的法術。

就在安特．伊蘇拉人發現聖法氣的同一個時代，天使們開始減少到地面上的次數。

就結果而言，天使的存在被神格化，並產生一直延續到現代的大法神教會的教義基礎，之後安特．伊蘇拉人選擇了一面分析聖法氣的真面目，一面利用法術發展文明的道路。

不過，這時候產生了一些重大的問題。

首先比較單純的是，無論天界或天使，都缺乏像質點們那樣天生就想守護人類的意志。

作為一個建構來培育人類的系統——生命之樹和質點絕對不會看漏可能造成人類滅絕的致命危機。

雖然這也是天界透過累積觀測到的事實後獲得的情報，但天使絕對不會代替生命之樹與質點們執行他們的任務。

只要觀察至今為止的經過，就能明顯看出無論在物理上還是意識上，天使們的行動都與質點完全不一致，從質點們的角度來看，安特．伊蘇拉人到現在還沒瀕臨滅絕，可以說是一種奇蹟。

而最大的問題是，聖法氣絕對不是一種無限的資源。

生命之樹雖然擁有「培育擁有文明的人類」的機能，但只要生命之樹和質點都還是有機物，那就必須攝取某種能量才能生存。

生命之樹需要的能量，正是「人類的精神力」。

就像會結出果實的農作物只要一點點的水和營養，就能展現出驚人的成長般，就互相補足

彼此生存所需的力量這方面來看，生命之樹和人類可說是共生關係。

不過現在這個聖法氣，正在安特・伊蘇拉全境以驚人的速度被消耗。

由於是以法術為基礎發展的文明，因此聖法氣的消耗量遠遠超出生命之樹需要的能量。

「將精神力，化為能量……」

從這個記述想到某件事的千穗，忍不住倒抽了一口氣。

千穗知道真奧等人的魔力，是來自於恐懼與絕望的精神，因此她無法忽視這項事實。

如果相信這個理論，那不只是惠美和鈴乃，就連千穗體內的聖法氣，都是在安特・伊蘇拉生活的人類的精神能量。

刻意將這些東西壓縮，並當成能量使用所造成的後果，就記載在下一頁。

可以預期的是，若持續大量消耗聖法氣，最後將導致生命之樹枯萎和質點死亡。

若失去迴避危機的關鍵王牌，安特・伊蘇拉的人類在不遠的未來一定會衰退。

除了會失去質點這個能用來應付危機的王牌以外，大量消耗聖法氣作為法術的能量來源，也將導致聖法氣的總量低於必要的分量，這樣遲早有一天會變得無法發動法術。

等於安特．伊蘇拉的人類將在那天喪失文明。

即使是像艾美拉達、艾伯特或奧爾巴那樣聖法氣容量較大的人，遲早也會用光體內的能量，變成普通的人。

到時候沒有發展科學技術的安特．伊蘇拉人，就算陷入危機也沒辦法拯救自己。

聖法氣這種能量，原本就是源自於人類的精神力，因此過度消耗聖法氣造成的負面影響，當然也不會只有這些。

根據萊拉觀測的結果，在排成聖十字形的五塊大陸全境，這幾百年來都有出生率緩慢下降的現象。

萊拉指出過度消耗聖法氣，甚至有妨礙新人類誕生的可能性。

志波會說安特．伊蘇拉的居民可能要到幾百年後才面臨危機，主要就是基於這項事實。

不過安特．伊蘇拉還沒發展出能縱觀全世界進行統計的文化。

就連因為魔王軍的侵略而組成的五大陸聯合騎士團，都未能發揮這樣的功效。

倒不如說接下來為了從魔王軍帶來的災禍中復興，以及追求更進一步的發展，不難想像法術文明只會愈來愈興盛。

所以萊拉強烈認為必須從現在開始解放所有的質點。

過去發生的事情已經無法挽回。

不過只要現在讓生命之樹和質點恢復應有的姿態，就算必須付出龐大的犧牲，或許仍然有機會拯救安特．伊蘇拉人脫離這個危險的狀況。

然而若想邁向那樣的未來，天界與住在那裡的天使們一定會構成極大的阻礙。

天使之所以獨占質點，並非只是想在安特．伊蘇拉的人類面前擺出天使的姿態。

透過獨占質點，天使們也獲得了非常多的好處。

雖然這和天使們的超長壽命與強大力量有關，但關於這部分的事情，必須先確定真奧與惠美願不願意在得知萊拉的目的後提供協助，才能判斷該不該告訴他們。

萊拉的目的，是讓生命之樹和質點擺脫天界的支配，見證「最後的質點」誕生，拯救安特．伊蘇拉人的未來。

為此必須做好面對許多戰鬥的覺悟。

由於過程中必定將與許多天界的天使為敵，因此萊拉花費了漫長的時間，一直在尋找能與那股力量對抗的存在。

※

「……我統統都明白了。」

「妳覺得怎麼樣？」

聽著萊拉充滿期待的聲音，千穗猶豫著該如何回答。

總而言之，她並不懷疑資料的內容。

裡面的許多事，都和千穗過去直接從天禰和志波那裡聽來的話有密切的關連，即使對照自己至今耳聞目睹的經歷，也有許多讓人能夠接受的地方。

不過正因為如此。

既然這是安特．伊蘇拉的危機，就該認定這個文件夾關係到許多安特．伊蘇拉人的性命。

然而這份報告書卻缺乏了那樣的緊張感。

千穗大致能理解萊拉懷抱的恐懼，以及安特．伊蘇拉接下來將發生的問題。

但她不知為何覺得事不關己。

千穗覺得有點頭暈，感覺就像是剛看完一本由外國流傳的神話翻譯而成的兒童繪本。

從裡面穿插了示意圖、圖解和表格來看，萊拉應該是想將這些資料整理得淺顯易懂。

不過重點不在這裡。

千穗真正想看的並不是這些東西，而真奧恐怕也是如此。

雖然這些資訊也很重要，但光聽這些東西，真奧和千穗根本無法做出任何判斷，在感情方

面根本派不上用場。

「我可以問一件有點奇怪的事情嗎？」

「……」

千穗並非向萊拉，而是向真奧徵求許可，真奧僅以眼神答應。

「請問，想問什麼都行！」

萊拉就像自己說的一樣，擺出想問什麼都儘管放馬過來般的態度面向千穗。

「那麼……」

千穗稍微清了一下嗓子，然後確實地面向萊拉。

「萊拉小姐。」

「嗯。」

「請問妳目前在日本從事什麼樣的工作？」

「…………………咦？」

千穗提出了一個在場的所有人都沒預料到的問題。

萊拉此刻的表情，就像是個英勇地走進打擊區後，卻被王牌投手刻意以四壞球保送的第四棒打者一般。

「呃……我的工作？」

「是的。」

「……為什麼？」

萊拉維持僵硬的笑容反問千穗。

「咦，因為妳說什麼都可以問。」

「我、我是這麼說沒錯……可是，為什麼？」

「感覺妳的性格開始變奇怪囉。」

萊拉明顯動搖，就連真奧的吐槽都傳不進她的耳裡。

「呃，我在看完這份資料後，突然覺得很在意。」

驚訝的萊拉依序看向千穗、真奧和漆原的後腦，然後又重新將視線移到千穗身上。

「那個，不好意思，雖然這樣好像是在用問題回答妳的問題。」

「請說。」

「是有什麼地方不好懂嗎？或是我寫了什麼讓妳在意我的工作或生活的東西……」

「不。」

千穗簡短地回答。

「就是因為完全沒寫到任何讓人在意萊拉小姐生活的事情，所以我才會感到在意。」

「呃……」

和依然無法理解千穗話中之意的萊拉不同，真奧苦笑地說道：

「小千真溫柔。我本來打算除非這傢伙自己發現，否則絕對不告訴她這件事情。」

「啊！這、這樣不好嗎？」

千穗在想起真奧原本就不怎麼想聽萊拉說話後，頓時慌了起來，真奧苦笑地搖頭。

「不，如果沒人提醒，她短期內應該也不可能發現，所以這樣正好。」

真奧說完後，就當著一臉茫然的萊拉的面，從櫃子裡拿了一張紙和一個千穗沒看過的名片盒回來。

「這個，是妳交給我的契約書草稿。」

「嗯、嗯。」

萊拉看見遞到自己面前的熟悉紙張後，點了一下頭。

「因為妳拿出了這種東西，所以我本來還以為妳稍微懂事了一點。不過看過這個後，我覺得自己暫時應該還不會想認真聽妳說話。」

「有、有什麼不足的地方嗎？我好歹也有參考過許多範本，還買了書回來研究。」

「是內容以前的問題。妳看這裡。」

真奧指向草稿的下方。

那裡是給提出契約的萊拉，以及接受契約的真奧或惠美簽名的欄位，旁邊還寫了一個用來標示蓋章位置的「印」字。

「有缺少什麼嗎？」

「萊拉小姐，這個……」

在旁邊大致把草稿看過一遍後，千穗立刻就注意到真奧想說什麼。

「少了住址。」

「咦？」

「沒有填寫住址的欄位。」

「住址？」

萊拉露出像是聽見未知語言般的表情。

「需、需要那種東西嗎？」

「當然需要！妳在說什麼啊？」

雖然萊拉看起來像是受到了衝擊，但千穗覺得自己才是受到衝擊的那個人。

就連只接觸過打工的勞動契約書的高中生，都知道「契約書」這種東西需要填寫住址、姓名和蓋章。

更何況萊拉還是打算和真奧簽訂連報酬都已經定好的契約。

結果卻沒有準備填寫雙方住址的欄位，要疏忽也該有個限度。

「可是。」

然而萊拉仍不肯罷休。

「我又不會破壞約定，就算有什麼不滿，我們彼此也都無法找這個國家的司法機關解決吧？只要有記載彼此的姓名和意志的東西就……」

「噗嗤！」

千穗試著想像異世界的魔王和大天使在法庭上——

『我明明拯救了世界的危機，這個人卻沒支付約定的報酬！』

『我有按照規定支付報酬！』

『沒有考慮到解放所有質點花費的工夫都不一樣，實在太不合理了！』

『這是因為在約定報酬時，就已經將可能遭遇的最大困難包含在內，事前也取得了對方的合意！』

針對民事案件起爭執的場景後，忍不住笑了出來。

順帶一提，在千穗想像中的法庭，法官是由魔王城的鄰居，住在二〇二號室的訂教審議官克莉絲提亞・貝爾——鎌月鈴乃扮演。

「不、不是啦，萊拉小姐，真奧哥想說的不是這個。」

「那、那到底……」

「佐佐木千穗有說過我們和普通人沒什麼兩樣吧。不過如果讓我們來說，萊拉現在還是『天使』呢。」

「路西菲爾？」

「唉，就是這麼回事。」

真奧點頭肯定千穗和漆原的話。

「我不知道妳住在哪裡。」

萊拉驚訝地眨了一下眼睛。

「先不管安特．伊蘇拉的事情。我不知道妳住在這個國家的哪裡，也不知道妳是靠什麼養活自己，更不知道妳將來打算以什麼樣的形式和這個國家產生關連，我對妳一無所知。」

真奧看著契約書的草稿，以及放在千穗旁邊、用來解說世界危機的檔案說道，接著他打開從櫃子裡拿出來的名片盒，從裡面拿出幾張小紙片放到榻榻米上。

「我是戶籍和住址都登記在東京都澀谷區的Villa．Rosa笹塚，名叫真奧貞夫的『人類』。」

其中一張是拍證件照時失敗，真奧一直不想讓別人看的駕照。

「這是國民健康保險證。這是登錄在區公所的印鑑登錄證。我身為麥丹勞幡之谷站前店員工的資訊，被保管在麥丹勞位於東京的總公司裡面。在這個世界，妳能提出多少自己存在於此

的證明？」

「自己，存在於此的證明……」

真奧接連拿出能夠證明自己身分的道具，讓萊拉看得目不轉睛。

「不管是以前還是現在，妳對我們來說都只是個不曉得何時會出現或消失的『天使』。不是伴隨著生活實態的『人類』。」

不是人類這句話，讓萊拉的臉色變得有些蒼白。

「例如沙利葉。在日本自稱猿江三月的他是個天使，現在也仍是我的敵人。不過那傢伙的職場離我的職場很近，而且讓人氣憤的是，他似乎還住在一棟不錯的公寓。從他有段時期持續向我們的店長進貢來看，他應該有一定程度的財產。雖然他只要一看見女孩子就會馬上堆笑臉這點滿討人厭的，但他和職場員工的關係好像還不錯。我和鈴乃為了救惠美而前往安特·伊蘇拉時，他甚至還說要是發生了什麼事會保護商店街，他就是如此融入幡之谷。」

真奧針對出身、職場和過去的因緣等方面，如此評斷身為敵人的大天使沙利葉。

「如果是由沙利葉來幫妳講這些話，我可能還會比較認真聽。」

「咦？我比沙利葉，還要不如……？有、有這麼糟嗎？」

雖然萊拉看起來是真的受到了打擊——

「如果要再補充的話，我覺得沙利葉先生做的檔案應該會更淺顯易懂一點。畢竟他平常還要排工作表和寫說明手冊。」

但在千穗的追擊下，她終於徹底被擊沉。

「我並不是相信那傢伙的人格，平常私底下也沒有跟他聯絡。他也不曾像這樣拿身分證明給我看過。不過只要木崎小姐還待在幡之谷，他就絕對不會離開那個地方。即使要被調職，他也會利用大天使的力量使出各種手段，堅持留在那裡吧。大概就是這種感覺，他的日常生活，讓他能和許多人取得合意。」

「雖然他一開始對我做了很過分的事情，但在發生了許多事情後，現在如果我在商店街遇到他，還會和他打招呼呢。」

「我前陣子也發現他工作起來意外地勤奮。」

千穗摒除過去的宿怨，對沙利葉做出正面評價，漆原也在想起真奧和鈴乃遠征安特・伊蘇拉時的事情後，提出自己沒資格說的感想。

「相較之下，妳又是如何。我們連妳住在哪裡，或是從哪裡弄到錢都不曉得。儘管妳最近難得頻繁地出現在我們面前，但要是妳再度消失，我們也不知道該去哪裡找妳。考慮到至今為止發生的事情，搞不好就算惠美或諾爾德遭遇危險，妳也不會現身。」

「才、才沒有這種事……」

雖然萊拉打算否定，但真奧以堅定的語氣打斷她。

「惠美一定也會說相同的話。而且站在我的立場來看，妳至今明明一直～在暗地裡偷偷摸摸地行動，我卻到現在都不曉得妳為何要在這個時間點出現在我們面前。雖然妳變得逐漸會來魔王城吃晚餐，但可別以為大家都會將這些事情付諸流水。」

「那是……因為……」

或許是總算了解真奧想說什麼，萊拉垂下頭，抵抗也變得愈來愈無力。

「簡單來講，就是無論妳再怎麼注重形式，妳的作法還是一樣缺乏誠意。雖然妳好像利用這些看起來像故事設定資料的檔案公開了一些情報，但這種唯獨隱藏自己現狀的作法，只會讓人懷疑是妳為了之後能夠銷聲匿跡所做的準備。基本上這些情報全都曖昧不清，檔案本身也沒什麼內容。」

「……對不……起。」

「這樣到最後，我們也不得不懷疑這些事情到底哪些是真的。即使姑且不論你們這些天使對我來說是敵對的種族，這些資料裡面也完全沒有讓我想相信妳的要素。即使妳的行動，是為了阿拉斯．拉瑪斯他們的將來著想也一樣。」

「……」

「萊拉小姐……」

千穗將手放在低著頭的萊拉肩膀上。

「我沒事，千穗小姐，對不起。」

萊拉溫柔地拒絕了那隻手。

「說得沒錯。千穗小姐明明之前才在路西菲爾的病房裡提醒過我，結果我又重複犯下相同的錯誤。」

「該不會是因為一直躲在暗處行動，所以染上了見不得光的習性吧。」

「喂，萊拉。妳被漆原說成這樣，難道都不會覺得羞恥嗎？」

「我說真奧！」

「沒關係，而且我會被這麼說也是無可奈何。」

「嗯？」

萊拉稍微抬起頭，將臉轉向旁邊看著漆原說道：

「路西菲爾會變成這樣……我也有責任。」

「啊？」

「咦？」

直到現在，真奧和千穗才首次毫不掩飾地發出疑惑的聲音。

「我說啊，別用這種好像『都怪我沒教好這孩子』的語氣說話啦。我真的會受傷喔。」

漆原也彷彿發自內心感到厭煩似的瞪向萊拉。

「可是，路西菲爾。」
看見萊拉不肯罷休，漆原搖頭說道：
「我又沒放在心上，而且坦白講我真的差不多都忘光了。妳以為那是多久以前的事了。」
「這樣啊……」
漆原說完這句話後，就將臉轉回電腦緘口不語。
萊拉有些悲傷地望著他的背影，看見兩人這副模樣，真奧和千穗的內心也不平靜。
「吶，小千。我剛才好像聽見了會將惠美家的家庭爭議導向不得了方向的話。」
「我好像也聽見了無法輕易忽視的事情。」
「我說你們兩個。別擅自誤會啦，視解讀的方式和解讀的人而定，可能會害死包含我在內的好幾條人命啊。」
「咦？兩位怎麼了嗎？」
知道真奧和千穗如何解讀剛才那段對話的人，跟不知道的人一起看向兩人。
「「呃，沒什麼……」」
真奧和千穗同時尷尬地偏過頭。
「不過的確，我懂了。吶，撒旦，還有千穗小姐。」
「嗯？」

「什麼事？」

「請你們兩位暫時忘掉剛才的事情。」

說著說著，萊拉從千穗手中收回關於世界危機的檔案。

然後她重新調整坐姿，正視兩人的眼睛說道：

「不介意的話，我想邀請你們來我家。當然，是我在日本的家。」

「妳的……」

「家嗎？」

千穗表現出驚訝的反應，真奧則是懷疑似的蹙眉。

「沒錯。」

萊拉用力點頭。

「雖然我來日本後有搬過幾次家，但這五年來都住在同一個地方。只是因為工作的性質，經常沒辦法回家而已。」

由於不知道萊拉所說的工作性質，是否與世界危機的檔案有關，因此目前無法判斷這是不是她用來回答千穗的答案。

「放在那裡的就不是這種檔案，而是我這幾百年來在世界各地收集的資料。另外還放了文獻、法具跟只有天界才有的道具。再來就是……只要我有那個意思，我甚至能替撒旦、艾米莉

亞、千穗……以及來到這世界的大家準備天使的羽毛筆。只是要花點時間而已。」
「這表示……！」
千穗在聽見這個意外的道具名稱後大吃一驚，真奧也輕輕挑起眉毛。
天使的羽毛筆，是一種用大天使翅膀的羽毛製成的道具，能讓原本無法使用開門術的人自由做出「門」。
萊拉本人就是大天使，所以只要她有那個意思，就能做出天使的羽毛筆吧。
雖然根據志波的說法，安特．伊蘇拉的天界已經切斷與地球的所有聯繫，因此現在無法靠「門」來往兩地，不過如果萊拉願意替每個人都做一支天使的羽毛筆，就算先不考慮解放質點的問題，對真奧他們來說應該也不是件壞事。
因為原本是萊拉的羽毛，所以即使萊拉後來銷聲匿跡，這應該也能成為追蹤她的線索。
經過耐心的等待，終於掌握了具體的線索，這讓千穗忍不住看向真奧，但後者做出判斷的速度比千穗想的還要快。
「就算現在直接去也無所謂喔。」
「「咦？」」
這次換千穗與萊拉一同發出驚呼。
「不過小千應該不太方便吧？畢竟現在已經滿晚了。」

「「咦，呃，那個……」」

「……你們兩個是怎麼回事？」

大天使和高中女生異口同聲地慌張回答。

「「那、那個，我需要先做好心理準備。」」

就連回答的內容都一樣。

「做什麼心理準備，不是妳邀我們去的嗎？」

真奧厭煩地對萊拉說道，後者雙手合掌並膜拜似的低下頭。

「對、對不起。雖然我很希望你們來，但沒想到你們會想馬上過去。那個，今天，有點不太方便。」

「為什麼啊。妳之後有什麼預定嗎？惠美今天要打工到晚上十點，妳應該不是要去見她吧。」

「嗯、嗯，不是，那個……」

「喂，該不會……連惠美都還不知道妳家吧。」

「「！」」

真奧低沉的聲音，讓萊拉和千穗又再次同時倒抽一口氣。

不過兩人之後的反應就不同了。

萊拉將視線從真奧身上移開，千穗則是抿著嘴低下頭。

「其、其實我還沒和艾米莉亞談過這些事情……」

「我說妳啊！」

萊拉那怎麼看都是藉口的回答，讓真奧驚訝地睜大眼睛。

「妳還沒和她談啊。妳以為在那之後過了幾天啊。」

距離真奧和惠美說要和萊拉交易，已經過了一個星期以上。

「我可不要比惠美先去妳家喔。比起她之後會怎麼念我，更重要的是妳一定又會惹惠美不高興。」

在這個全世界都因為年關將至而忙成一團的時期，萊拉居然還沒和惠美好好談過話，這到底是哪一方的問題呢。

「說、說得也是。我知道。我知道了。我也會好好跟艾米莉亞說。也、也因為這個原因，所以今天不行去！對不起！明、明天……不對，如果是後天……」

「後天？」

真奧像是感到懷疑般不屑地回答，同時看向貼在冰箱上的排班表。

「哼，正好那天傍晚以後，我、小千和惠美都沒排班。這種機會可是很難得的。好吧，那就約後天。」

後天雖然是平日，但不曉得是基於什麼樣的偶然，那天傍晚以後，真奧、千穗和惠美三人都沒排班。

「我、我會努力。」

不過是後天會有人來家裡拜訪，這樣的回答實在是有點奇怪，但至少這麼一來，就能稍微解開萊拉這個神祕存在的謎團。

「還有趁這個機會，告訴我妳的手機號碼吧。如果不趁能問的時候問出妳的情報，就會讓人不安得不得了。」

「嗯，我知道了。」

萊拉坦率地拿出剛才的薄型手機，在叫出電話簿後遞給真奧。

真奧打開自己的手機，交互看著兩隻手機輸入號碼，等千穗也登錄完後，他才把電話丟回去給萊拉。

「還有，惠美那邊由妳親自去說。雖然我們這邊會擅自共享妳的聯絡資訊，但可別指望我和千穗會幫妳聯絡惠美啊。」

「……這部分我也會努力。」

真奧確實地提醒，萊拉也順從地點頭。

就在事情逐漸告一段落的時候，漆原突然插嘴問道：

「那麼，佐佐木千穗要做什麼心理準備啊？」

「……咦，啊，嗯。」

儘管一開始表現出動搖，但在萊拉邀請真奧等人去她家的這段時間，千穗也慢慢恢復了冷靜。

「小千？怎麼了嗎？」

因為千穗的樣子看起來甚至讓人覺得是在沮喪，讓真奧顯得有些擔心，不過千穗無力地搖頭回答：

「不，那個，我沒事，我的問題，已經在剛才的談話中解決了。」

「嗯？那就好。」

「千穗也要來嗎？可以的話，我希望路西菲爾、艾謝爾先生，和貝爾小姐也一起……」

「啊，好的，我會問他們……」

千穗有些消沉地點頭。

「我才不去，麻煩死了。就算去了也沒事情做。」

漆原就和全人類預測的一樣，拒絕外出。

「再來是蘆屋和鈴乃嗎？唉，就算大家分開去也沒什麼意義，姑且就問他們一下吧。那麼就後天見吧。我的班是到下午五點，等確認過小千學校那邊有沒有事後，我再跟妳約集合的時間。」

「好、好的。」

萊拉的語氣從剛才開始就莫名地僵硬。

「真奧哥，是不是也約諾爾德先生和艾美拉達小姐一起去比較好。」

「嗯……姑且不論艾美拉達，諾爾德的確……」

從萊拉剛才的口氣來推斷，諾爾德就算知道地點，本人應該也沒去過。

如果去的只有惠美也就算了，既然連真奧和千穗這些外人都要去，那忽視身為配偶的諾爾德也太不合情理了。

儘管這只是非常普通的顧慮，但萊拉聽了後，臉色頓時大變。

「那個人不行！」

「啊？」「咦？」「為什麼？」

三人都沒預料到萊拉會有這種反應。

「說什麼不行，不可以這樣吧……」

真奧困惑地說道。

諾爾德是萊拉的丈夫。另一方面，講得難聽一點，真奧只是個無關的外人。

結果真奧可以，諾爾德卻不行，這到底是怎麼回事。

「嗯、嗯，我知道這樣很怪，我知道，不過，要是他也跟著來，後天可能……」

「聽不懂妳在說什麼。如果後天不行，我們三人暫時都不會有空喔！」

真奧看向貼在冰箱上的排班表，皺起眉頭。

「我知道，我知道啦。沒錯，放著不管到現在都是我不好。是我的錯。放心，我會想辦法的。而且那個人也不一定會來，嗯，那就後天，後天沒問題。」

既然魔王撒旦都說要去，身為丈夫的諾爾德實在不太可能缺席，但要是繼續說下去，害萊拉改變心意也很麻煩，因此真奧放棄吐槽。

「萊拉小姐……那麼，我們後天該去哪裡找妳？」

「啊，說、說得也是。呃，新宿。在新宿站會合好嗎？因為是搭大江戶線，所以我們約京王線西側出口的剪票口見面如何？」

「我知道了。」

千穗和朋友出去玩時，也經常選擇在那裡碰面。

「撒旦也沒問題吧？」

「嗯。」

「那個，我會負責告訴那個人我家的事情。這種事情，果然還是必須由我自己來說。」

「別忘了還有惠美啊。」

「……嗯。」

不知為何一聽見諾爾德的名字就直冒冷汗的萊拉，表情嚴肅地點頭回應真奧的提醒。

「……」

千穗以有些寂寞的笑容，看著這個場景。

「唉……天氣變冷了。」

千穗一個人走在夜晚的笹塚街道上，準備回家。

雖然真奧原本想送她回家，但千穗拒絕了。

若是平常的她，一定會開心地接受真奧的提議，但她今天不想單獨和真奧相處。

畢竟萊拉似乎還有其他話想說，而且即使太陽已經下山，這時間街上還很熱鬧，不必擔心會有危險。

天使和惡魔現在都沒有理由攻擊日本，前陣子引發騷動的原因伊洛恩也正被別人保護，現在完全沒有危險的要素。

所以千穗不想煩勞真奧。這是其中一個理由。

至於另一個理由……

「真奧哥真溫柔。」

千穗以沒有人聽得見的音量吐出的這句話，化為白色的吐息浮在空中，並在沒有映入任何人眼中的情況下消散。

只要萊拉允許，千穗其實不在意之後直接過去她家。

不過在話題轉到拜訪萊拉家時，浮現在千穗腦中的是惠美的臉。

這和明明真奧可以去，為何諾爾德不行的疑問，是相同性質的想法。

丟下身為親生女兒的惠美，讓千穗這個外人去萊拉家真的好嗎？

千穗沒做好的「心理準備」就是這個。

無論惠美在她與萊拉之間築起了多頑強的牆壁，萊拉都應該先想辦法跨越那道牆，縮短和惠美的距離。

萬一其他人比惠美先知道萊拉住在哪裡，而這件事又傳到惠美耳裡，惠美一定會受傷。

而惠美對萊拉採取的態度，想必也會變得更加強硬。

這和世界的危機無關，身為惠美的朋友，千穗無論如何都想迴避這樣的發展。

不過千穗之所以沒有馬上說出口，是因為她的心裡有著和真奧一樣的擔憂。

那就是萊拉這個存在的不確定性。

要是不小心拒絕，真奧或許會失去接近萊拉的機會。

不過在千穗猶豫時，真奧本人馬上就對萊拉說：

『我可不要比惠美先去妳家喔。』

真奧有好好在考慮惠美的心情。

『比起她之後會怎麼念我，更重要的是妳一定又會惹惠美不高興。』

雖然本人或許沒有這個打算，但真奧之所以會對萊拉說出這些嚴厲的話，絕對是在為萊拉與惠美著想。

「感覺好好喔。」

從安特．伊蘇拉回來以後，真奧就一直在為了惠美努力。

一切都是為了讓惠美的心情、工作與人際關係變好。

如果問真奧，他一定會回答「才沒有那種事。即使看起來是那樣，最終我還是為了自己」，然後加以否定。

不過在千穗看來，不對，即使不從千穗的角度來看，真奧愈是做出對人類來說自然的行動，看起來就愈像是那樣。

幫助別人的同時，也是在幫助自己，反過來講，做對自己有利的事情，也有可能會幫助到別人。

「要是遊佐小姐和萊拉小姐能和好就好了。」

千穗純粹地如此希望。

而且那個時刻，或許意外地就在不遠的未來也不一定。

雖然遺憾的是惠美仍未主動接近萊拉，但由於真奧的介入，惠美和萊拉之間的距離正逐漸縮短。

這點從萊拉未經邀請就跑去魔王城吃晚餐時，以及惠美在麥丹勞工作時不經意流露的言行舉止，就能看得出來。

就像真奧會說自己「沒那個打算」一樣，惠美也會說「沒這種事」吧——關於真奧為惠美著想，以及為她努力的事情。

不過千穗知道。

最近的惠美，變得比以前更常在真奧面前展露笑容。

「……真討厭。」

千穗討厭這麼想的自己。

不過愈是想否定自己內心產生的想法，漆原剛才說的話，就愈是擾亂千穗的內心。

『佐佐木千穗剛才說的臺詞也有「這個人跟原本想像的不太一樣」的意思在，妳這麼坦率地感到高興也有點奇怪。』

和原本想像的不一樣。她不想承認自己擺出了那種諷刺別人的態度。

不過視解讀的方式而定，她也沒把握自己看在別人眼裡完全不是如此。

感覺和原本想的不一樣。

千穗從很久以前開始，就一直希望真奧和惠美能融洽相處。

她發自內心地希望兩人能不憎恨彼此，不互相殘殺，想辦法找到彼此感情的妥協點，並與安特．伊蘇拉的辛苦過去訣別。

這樣的想法，正逐漸在眼前實現。

即使如此。

「為什麼……」

為什麼內心會如此騷動不已。

這明明是自己的期望，就連現在也打從心底希望它能夠實現，自己明明為此感到高興，但在喜悅的背後，卻隱藏了讓人無可奈何的陰暗感情。

每當惠美對真奧笑時，每當真奧關心惠美時，這份感情就會驅散千穗所有的喜悅，企圖支配千穗。

「不要。」

感覺和原本想的不一樣。

「我討厭這樣。」

跟原本想的不同。

「為什麼我……」

不對。

「這種事……」

「千穗小姐！」

「小千姊姊！」

「……唔？」

就在千穗快走到笹塚站時，前方突然傳來熟悉的聲音，讓她嚇得迅速抬起頭。

為了壓抑這股宛如夜晚般陰暗騷動的心情，千穗在走路時似乎無意識地低下頭，並咬緊自己的牙關。

在認出對方的身影後，千穗原本想自然地露出微笑，但反而發現自己的表情僵住了。

「鈴乃小姐和阿拉斯．拉瑪斯妹妹……」

朝自己接近的聲音無疑是住在公寓二〇二號室的鎌月鈴乃。

「咦？」

但她的外表和平常不同。

差點以為自己認錯人的千穗，瞬間遺忘之前盤據自己內心的陰暗感情，忍不住揉了一下自己的眼睛。

鈴乃仍維持最初映入千穗眼簾時的打扮，牽著阿拉斯．拉瑪斯的手輕輕跑到千穗面前。

「小千姊姊，泥好！」

「妳是去過公寓要回家嗎？萊拉也在吧？」

「嗯、嗯，沒錯，可是……咦、咦？」

在這片寒冷中，鈴乃和阿拉斯．拉瑪斯的臉都變得紅通通的。

「難得看妳穿得這麼厚呢。不過既然是要去公寓，這真是完善的禦寒對策呢。」

「小千姊姊看起來好像放鬆熊。」

千穗甚至無法對說自己是放鬆熊的阿拉斯．拉瑪斯裝出笑臉，只能瞪大眼睛看著鈴乃。

「咦、咦咦咦、咦咦，那個，鈴乃小姐。」

「我是配合超市限時特價的時間出門，千穗小姐，妳知道商店街那裡有間像是在辦義賣會般，經常更換各種商品的店家嗎？」

「嗯、嗯。」

「那裡在賣很可愛的髮簪。妳看這支髮簪，我實在太喜歡這個宛如雪之結晶的十字形裝飾了。我因此延後原本的目的，在商店街四處閒逛，就這樣拖到了這個時間。」

「妳看妳看！這是小鈴姊姊送我的！」

阿拉斯．拉瑪斯戴著千穗第一次看見的毛線帽，女孩像是要使出頭錘般，對千穗展現自己的頭頂。

「這、這樣啊。太好了，很適合妳喔。很好看，嗯，可是，阿拉斯．拉瑪斯妹妹，對不起，可以稍微等我一下嗎？」

「唔？」

提著環保購物袋的鈴乃和阿拉斯．拉瑪斯都非常興奮，鈴乃牽著阿拉斯．拉瑪斯的左手手腕上，戴著一支細錶帶的手錶。

「那個，對不起，鈴乃小姐，我這麼問可能會有點奇怪……」

「嗯？」

「妳、妳為什麼會打扮成這樣？」

「嗯？喔，這個啊。」

鈴乃像是首次注意到自己的穿著般，稍微紅著臉回答：

「這是我自己挑的。會不會很奇怪？」

「不、不會，很適合妳。我只是單純有點驚訝。鈴乃小姐……」

千穗不客氣地從上到下打量鈴乃的穿著。

「居然會換上一身洋裝。」

雖然鈴乃一如往常地在頭上插了一根髮簪固定長髮，但在灰色的披肩外套底下，她另外在白色的襯衫外面套了一件短的深藍色針織連衣裙，腳上也穿著黑色的厚內搭褲搭配短靴。

「最近不是突然變冷了嗎？前陣子白天氣溫還很高時，我還悠閒地說差不多該換冬裝了，結果突然就變成這樣。前幾天甚至還下了雪。」

「是、是啊。」

「坦白講，如果只穿我手邊的和服，真的很冷。」

「喔……」

「雖然據說絣織和服在冬天也能穿，但那個袖子裡面一樣是空的。在裡面加一件厚內衣，會讓肩膀變得沉重，而且最後還是沒有解決袖子的問題。畢竟我可是住在那棟公寓喔，雖然對志波小姐不好意思，但即使有用保暖設備，一個不小心還是會覺得很冷。」

「這我可以理解。」

千穗就是因為能夠想像這點，才會換上這身重裝備。

「就在我下定決心試穿過後，便發現洋裝比較便宜和溫暖。」

雖然千穗完全不曉得絣織和服是什麼樣的和服，但簡單來講，就是鈴乃輸給了寒冷和價格，改變了平常只穿和服的原則。

「不過我妥協的部分只有將洋裝當成家居服使用，一旦面臨正式場合，我還是會換上和

服。至於這個披……披什麼的外套。」

「是指披肩外套嗎？」

「就是那個。披肩。如果是灰色的披肩，就算套在和服上面也沒問題。我也已經相當融入日本，所以還是同時學會穿和服跟洋裝比較好。」

「嗯，鈴乃小姐非常可愛喔。」

上次看見鈴乃穿洋裝，已經是自己和惠美的聯合生日派對時的事情，一旦鈴乃像這樣換上能完全融入日本街景的服裝，看起來就只是一位普通的妙齡（話雖如此，千穗也不曉得鈴乃的實際年齡）女子。

「妳最近一直都是打扮成這樣嗎？」

講是講最近，距離千穗上次和鈴乃見面，也才過了三天而已。

當時鈴乃應該還是穿著平常熟悉的和服。

「我是在前天才受不了寒冷，死心去買洋裝。因為數量還不多，所以我仍在檢討究竟該增加洋裝的數量，還是和以前一樣堅持穿和服。拜此之賜，我今天帶阿拉斯．拉瑪斯逛了不少地方。妳應該累了吧？」

「不累！」

關於阿拉斯．拉瑪斯的體力和力氣，至今仍隱藏了許多謎團，至少現在就算讓她陪大人買東西，她也不會表現出厭倦或疲勞的樣子。

此外雖然因為剛才太過緊繃而沒發現，但仔細一看，鈴乃買給她的毛線帽上還有文字模樣的花紋，看起來非常有趣。

「鈴乃小姐真的下了很大的決心呢。」

鈴乃的話裡處處顯示她還沒捨棄對和服的堅持，雖然把這稱作是一種驕傲也很奇怪，但實際上鈴乃穿洋裝真的很好看，所以千穗覺得要是她能趁這個機會改穿洋裝也不錯。

「就是啊。那個臭魔王，在走廊上遇到我時，居然露出像是看到怪物般的表情。」

「真奧哥嗎？」

「嗯。他開口第一句話就是『現在明明是冬天，妳發燒了嗎』。妳不覺得很失禮嗎？」

好難吐槽。雖然經常聽到夏天熱昏了頭的說法，但冬天就算感冒發燒也很正常。

就在千穗這麼想著時，鈴乃若無其事地說道：

「唉，因為他最後還是有說很適合我，所以就這樣算了吧。」

「真奧哥這麼說？」

「嗯。雖然看起來不太情願。」

鈴乃苦笑道。

看見這道笑容，千穗原本低下頭壓抑的焦躁內心，不知為何又重新掀起黑色的波瀾。

「真奧哥……」

「嗯？」

「啊，沒事……」

不過千穗覺得讓別人知道自己內心的這股變化，是件非常不好的事情，於是她利用天色陰暗不容易看清表情這點，搖頭蒙混過去。

看起來並未特別在意的鈴乃，在往千穗後方望了一眼後皺起眉頭。

「話說回來，就算現在沒有什麼必須擔憂的事情，居然讓千穗小姐在晚上一個人回家，這魔王也太不識相了。」

「咦？啊，不是這樣的……」

奇怪？

「明明日常生活中的危險，又不只限於天使和惡魔那些傢伙。嗯，不過千穗小姐每次遇險都是因為天使或惡魔，不如說這樣還比較奇怪。」

這是怎麼回事？

「千穗小姐，如果妳接下來要直接回家，就讓我送妳一程吧。」

「……不、不用了，沒關係啦。」

「我不趕時間，而且平常不也都是這樣嗎？」

總覺得今天——

「我沒事……」

「……千穗小姐？」

「小千姊姊？」

非常沒用。

「我、我……」

明明討厭這樣。

「怎、怎麼了？發生什麼事了？」

面對這突然的狀況，鈴乃慌張地由下往上窺探千穗的臉。

「我明明沒事……」

眼淚流了下來。

千穗心想，自己居然因為這種既瑣碎又無聊的理由流淚。

即使如此，她依然無法停止。

「那個，怎麼了，魔王做了什麼，不對，唯獨魔王不可能對千穗小姐做出奇怪的事情，外表看起來也沒受傷，我知道了。是路西菲爾嗎？是不是他又說了什麼沒神經的話……」

「小千姊姊，痛痛？痛痛嗎？要我幫妳吹走嗎？痛痛，飛走吧！」

看見千穗突然站在原地哭了起來，慌張的鈴乃頓時變得語無倫次，至於阿拉斯．拉瑪斯，則是想要吹走什麼似的用她嬌小的手拍著千穗的膝蓋。

「對、對不起，對不起……」

「總、總之千穗小姐，請妳先冷靜一下，對、對了，我記得車站那裡有咖啡廳，那個，雖然我不知道發生了什麼事，但這裡太冷了。好嗎？我們換個地方，喝點熱的東西……」

鈴乃表現出不符合她風格的慌張模樣，催促千穗去笹塚站。

就在千穗和鈴乃走進笹塚站高架橋下的細鉋花咖啡廳後，另一個人像是要接替她們般——

「不好了，居然拖到這麼晚。不曉得佐佐木小姐是不是已經回去了。」

慌張地從笹塚站的剪票口附近衝了出來。

「沒想到會講這麼久的電話。這時間真的有點冷呢。」

拿著裝滿了在各個地方購買的食材的環保購物袋，身材修長的男子——蘆屋四郎搓著變冷的手，離開笹塚站。

※

「早安，佐惠美。」

「啊，明子小姐，早安。」

在上班時間，即使已經是下午六點，員工們依然用早安來打招呼。

今天的班是十二點到晚上十點的惠美，在休息時間即將結束前，遇見了傍晚六點來上班的打工前輩，大木明子。

明子雖然和川田同年，但她比川田晚半年被麥丹勞幡之谷站前店錄取，學校方面也比他低一年級。

根據她本人的說法，似乎是「因為太小看考試，所以曾經重考過」。

由於十一月後半的大學生活很忙碌，因此最近都沒看見她，距離惠美和明子上次碰面，已經過了約一個星期。

「佐惠美。」

「是的？」

就在惠美將剛才看的書收進櫃子裡時，準備換制服的明子向她搭話。

「妳原本是在其他地方工作吧？好像是類似上班族的工作。」

「沒錯。是在docodemo的客服中心。」

「客服？做了多久啊？」

「大概一年半左右。後來因為老家有點事情，長期無法上班，所以就被開除了。」

被囚禁在異世界與惡魔展開大戰，這件事對惠美而言，簡單講起來的確就是老家出了點事情。

明子在聽見「被開除」這幾個字後，皺起眉頭。

「唔哇，因為長期離職被開除實在太慘了。不過一年半算很長吧？我才兩個月就受不了了。」

「妳有做過這方面的工作嗎？」

「我是打電話的那邊。」

「我基本上只負責聽電話。」

即使都被歸類為客服中心，但大致上還是能再細分為三種，惠美的前職場是負責回答客人的問題，也就是「專門接聽」的部門。

雖然不曉得明子以前是在哪一種產業的客服中心，但從「打電話」這點來看，她應該是負責向客人推銷商品和幫忙下訂單吧。

視公司而定，當然也有同時處理接聽和撥打兩方面的地方。

「前陣子孝太不是為了找工作而離開了嗎？害我最近經常想起那時候的事情。」

「喔。」

「雖然之前就有聽說客服的工作很辛苦，但我一開始打工的地方，是間規模很大的教材公

司。所以客人應該都是有小孩的媽媽吧？我當時以為面對這樣的對象應該是沒什麼好怕的。」

「……一開始都會這麼想呢。」

大致預測到後續發展的惠美苦笑道。

「我剛開始工作沒多久，就被一個來電諮詢的老先生說日本是因為我才沒落的。」

「這邏輯也跳躍得太離譜了。」

明子沒有繼續說自己的故事，就深有同感般的點頭。

「該怎麼說才好，我覺得愈是『普通的人』，人格和感情波動的範圍就愈大。反而是一開始就不太高興或生氣的人，即使可能會大吼大叫，但最後總是會有辦法解決。」

順帶一提，在docodemo時期讓惠美一肩扛起日本未來的老先生，按照「最近的電子機器都沒考慮到老人↓就是因為你們這些年輕人只在意機器，日本的產業才會把錢都投入到重工業和電子產業上↓而且每個年輕人都只看手機畫面，就擺出一副了解世界的樣子，真是令人嘆息↓另一方面地方卻變得蕭條，農業也在崩潰邊緣↓居然待在這種會讓日本墮落的公司，妳真是太不像話了↓稍微多看一點外面的世界↓就是因為妳這樣，日本才會沒落」的流程，足足天花亂墜地講了三個小時，中間還參雜了怒吼和說教。

儘管惠美不至於因為這些荒謬的辱罵和斥責就動搖，但單純還不習慣工作的她即使聽到最後，還是不曉得這位客人到底想問什麼，所以這次的諮詢讓她留下了深刻的印象。

在硬逼惠美答應下次選舉一定要去投票後，那位客人就掛斷了電話。

之後樓層負責人、好友鈴木梨香和幾位同期的同事，還一起請惠美吃了一頓午餐，那件諮詢案件的等級就是如此誇張，在那之後甚至還暫時成為該樓層「棘手案件」的基準。

「嗯，所以說啊。我那個時候因為擔心自己將來無法就職，感到非常沮喪。雖然我現在在這裡已經恢復到能單獨和客人面對面談話，但只要一坐下來聽電話，就會刺激到以前的心靈創傷。就是因為這樣，木崎小姐才會指派佐惠美負責接電話吧。」

「可是奇怪的諮詢，就是因為非常奇怪才會讓人印象深刻，實際上百分之九十九的案件都不是如此。既然明子小姐有辦法處理一般的諮詢，那應該沒什麼好擔心的吧。」

「是這樣沒錯啦。不過明明是推銷教材，結果卻被當成殺人犯對待的過去實在太令人難忘了。」

雖然很好奇到底是發生了什麼事情才會變成那樣，但惠美在透過時鐘確認休息時間馬上就要結束後，便連忙戴上員工帽和耳機。

「話說回來，為什麼我們會聊到這個話題？」

「咦？嗯，這麼說來……」

自己也做好準備的明子，拍了一下手掌。

「雖然不太確定，但佐惠美的朋友好像來店裡了。」

「咦？我的朋友？」

「嗯，是一個女人。感覺之前就有見過她幾次，因為她給人的感覺很像上班族，所以我才覺得她應該是佐惠美前一個職場的朋友。」

這樣的人物，惠美只想得到一個人。

「嗨……惠美。」

「果然是梨香！妳怎麼突然來了？」

惠美在一樓角落的座位發現尷尬地喝著大杯熱咖啡的鈴木梨香後，便笑著跑向她。

「妳今天已經下班了嗎？」

「嗯、嗯。我今天比較早下班，因為傍晚沒什麼事，所以就來看看惠美。」

「這樣啊。可是對不起，我還沒辦法下班。我今天要上到十點……」

「我知道。我有聽說。」

「咦？啊，是這樣嗎？」

到底是聽誰說的呢？

梨香現在和千穗一樣，知道惠美的真實身分和圍繞安特・伊蘇拉發生的事情。

因為梨香變得比以前更常和千穗與鈴乃等人聯絡，所以大概是從她們那裡聽來的吧？

不過無論是誰告訴她的，既然她知道惠美還要四個小時才能下班，為什麼要特地在這時候跑來呢？

雖然惠美在心裡感到疑惑，但梨香像是猜到惠美的想法般慌張地說道：

「對、對不起。我知道妳很晚才能下班，可是，那個，因為我覺得坐立不安，所以想看一下惠美的臉讓自己安心。」

「……怎麼了，發生什麼事了？」

這下惠美也發現梨香的樣子看起來不自然。

她講話非常快，眼神莫名地游移不定，身體也像是靜不下來不斷晃動。

惠美見狀，便想起梨香之前也曾像這樣失常過一次。

「那個，惠美，妳明天早上不用很早上班吧？」

「嗯、嗯。」

「我會在這裡等妳，要是覺得我礙眼，我也可以去其他地方消磨時間。」

「我是不會那麼覺得啦。」

「所以今天下班後……可以陪我一下嗎？我會請妳吃晚飯。」

「陪妳是無所謂，不過妳真的沒事嗎？」

「呃……那個，我晚點再跟妳說。」

惠美難得看到梨香這麼猶豫不決。

「這樣我會很在意。沒辦法集中精神工作，要是妳有什麼事想找我商量，我想在下班前先做好準備。」

「嗯……這樣啊？那個，其實也不是什麼大不了的事情啦。」

都表現出這麼不自然的態度了，怎麼可能不是什麼大不了的事情。

「那個啊，我跟妳說。」

「嗯。」

梨香遲疑了一段時間後，又做了兩三次的深呼吸才總算開口：

「剛才……蘆屋先生打電話約我出去……」

「……喔……………………………喔，嗯。」

惠美恍然大悟似的回答，原來自己剛才有印象的就是這個。

結果到最後，惠美還是沒辦法集中精神工作。

勇者，為理不清的狀況感到苦惱

「喂，貝爾？不好意思這麼晚打給妳。雖然有點突然，但今天可以讓我住妳那裡嗎？嗯，我剛下班，不過臨時有事……梨香來店裡了。她好像有什麼重要的話要說，我會盡量避免拖到太晚，不過還是可能趕不上最後一班電車。」

『沒關係。請幫我向梨香小姐問好。哼！』

「咦？呃，那個，謝謝妳。我要回去時會傳簡訊給妳，妳還好吧？」

『嗯。我今天應該也會比較晚睡，所以不用著急，慢慢來……可惡！只要回來前聯絡我就好……吵死人了！我沒事。』

「這、這樣啊，謝謝……」

電話的另一端似乎非常吵鬧。

鈴乃的聲音裡，偶爾也參雜著奇怪的怒吼和罵人的聲音。

雖然感覺不像是在對惠美的晚歸感到生氣，但電話的另一頭，似乎還傳來了像在拍打棉被般的低沉聲響。

『對了。萊拉似乎有話想跟妳說，她在公寓等妳。』

「咦？」

惠美皺起眉頭，不過這種事就算向鈴乃抱怨也沒用。

『好像是和平常說的那個委託完全不同的事情……』

「她沒告訴妳是什麼事嗎？」

『雖然我也有被告知……啊，吵死人了！我在講電話，安靜一點！』

「貝爾？」

看這樣子，除了鈴乃以外，電話另一頭應該還有其他人。

而從鈴乃講話的方式來看，想必一定是魔王城的那三個男人。

「妳該不會正在忙吧？」

『是這樣沒錯，不過沒關係。現在狀況是由我在主導，阿拉斯·拉瑪斯也站在我這邊。』

他們到底在做什麼呢？惠美完全無法想像。

『總而言之，雖然我也有聽說，但我覺得那件事應該由萊拉親自告訴妳，所以我無法轉達。她說不管幾點都會等妳，所以回來後先去找萊拉吧。她大概會在諾爾德先生的房間等。』

「……我知道了。」

『那麼我先掛電話了……好了，如果還有什麼其他藉口……』

在最後留下危險的聲音後，鈴乃掛斷了電話。

「到、到底發生了什麼事……」

從狀況來看，最有可能的應該是真奧又在鈴乃面前犯了什麼錯，激怒了鈴乃，但阿拉斯・拉瑪斯站在鈴乃那邊又是怎麼回事？

對真奧來說，比起被鈴乃打，感覺被阿拉斯・拉瑪斯討厭帶來的傷害更大。

「唉，算了。比起這個。」

惠美操作薄型手機，傳簡訊通知人在永福町公寓的艾美拉達，告訴她今晚要住在鈴乃的房間。

收到艾美拉達表示了解的回信後，惠美迅速吐了口氣。

「好了，倒不如說接下來才必須要鼓起幹勁！」

最後梨香一直在店裡等到惠美工作結束。

這不是梨香第一次找惠美商量蘆屋的事情。

不過這次和以前有個非常大的差別。

那就是梨香已經知道蘆屋的真面目。

儘管還沒見過蘆屋四郎的惡魔型態——惡魔大元帥艾謝爾的姿態，但她已經知道蘆屋過去做過哪些事，以及他現在是為了什麼目的而活。

即使如此——

『蘆屋先生打電話約我出去……』

這樣看來。

「…………我到底該怎麼辦才好。唉。」

惠美抬頭看向時鐘，現在已經過了晚上十點十五分。

讓梨香等太久也不好意思，若在這裡煩惱太久導致太晚回家，也會給鈴乃添麻煩。

「只能見機行事了。」

惠美做好覺悟後，便毅然地走出員工間，在和包含明子在內的同僚們打過招呼後，惠美帶著梨香走出店內。

「對不起，突然跑來找妳。」

梨香比平常還要畏縮地跟在惠美後面。

「沒關係啦。我才是不好意思讓妳久等了。雖然我本來想提議去吃飯，但梨香已經吃了很多東西吧。」

「啊，嗯。不過如果惠美有想吃的東西也沒關係。」

「就算妳這麼說，這時間也只剩下居酒屋可以選。」

「去有賣酒的店……沒關係嗎？」

「為什麼這麼說？我們之前不是經常一起去嗎？」

「因為，惠美其實還未滿二十歲吧？」

「啊，原來如此。」

梨香在意的是根據日本的法律，惠美實際上還未成年。

「另一頭沒有這麼嚴格的規定，我在日本的戶籍也已經二十一歲了，所以這方面應該是沒問題，妳不想喝酒嗎？」

「嗯、嗯，雖然不是不行，但我沒自信能保持冷靜……」

儘管現在看起來也一點都不冷靜，不過要是讓梨香喝了酒，或許會沒辦法好好談話，於是惠美點頭回答：

「再往前走一段路有一間家庭餐廳，那裡可以嗎？」

「嗯，總覺得有點不好意思。」

今天的梨香不斷在道歉。

「沒關係啦。不過……我接下來或許會對梨香說一些重話，所以就不用請我了。正常地吃飯吧。」

「……嗯。」

決定好前進的方向後，惠美和梨香便拖著有些沉重的腳步前往目標的家庭餐廳。

過了晚上十點半後，餐廳內明顯多了許多空位。

挑了一桌禁菸席後，一部分是因為剛下班，想好好吃飯的惠美點了蛤蜊義大利麵搭配湯、沙拉與飲料吧的套餐。梨香則是只單點飲料吧。

「感覺我們好久沒像這樣一起來店裡吃飯了。」

「畢竟現在不像以前那樣可以一起回去。每次都是梨香主動來找我，我雖然覺得很高興，但也覺得有點對不起妳。」

「沒關係啦。不管原因為何，要去開除過自己的職場附近還是很尷尬吧。」

「不會啦。多虧梨香帶我去過公司周圍那些店，我才很快就適應了日本的食物。下次換我去找妳，如果時間許可，再約真季一起去吃飯吧。」

「那附近的店換得很快。妳還記得之前那間大家常去的俄羅斯餐廳嗎？那裡上個月收起來了。」

「咦？那裡的酸奶牛肉明明就非常好吃！」

「在那之後進駐的是一間義大利餐廳，遺憾的是那裡的東西一點都不好吃。那附近的義大利餐廳原本就夠多了，結果卻是這個樣子。因為店內的裝潢還保留了一些原本的設計，所以更令人唏噓。」

「話雖如此，那間店的俄羅斯風格裝潢非常時髦，要是換成牛肉蓋飯店或拉麵店也覺得格格不入。」

就在兩人聊著無關緊要的話題時，巧合的是，惠美點的義大利麵套餐也送來了。

「看得我肚子都餓起來了。」

「妳要不要也點些什麼？」

「嗯～可是我最近很少運動，在這個時間吃這麼有分量的東西……嗯～」

煩惱到最後，梨香還是什麼都沒點，惠美很快就吃完了自己的餐點。

接著梨香像是為了重整態勢般，重新去飲料吧那裡倒了一杯花草茶，並在端正坐姿後重新面向惠美。

「那麼我們開始吧。」

「嗯。」

惠美用冷水讓嘴巴裡清爽一點後點頭。

「感覺我之前也曾在電話裡跟妳講過相同的事情。蘆屋先生之所以約我出門，是希望我能提供他一些關於買手機的建議。」

「也就是說，他又打算叫妳帶他去逛電器行囉。」

之前真奧買電視時，蘆屋曾經告訴梨香他在考慮買手機，並徵求她的意見。

結果蘆屋那天還是沒買到手機，之後又接連發生許多麻煩，害蘆屋到現在都還沒買手機。

「唉，大概就是這樣。」

梨香沒有否認。

「因為之前隱瞞了我不少事情，所以為了順便向我道歉，他還約我一起吃飯。」

「噗！」

惠美差點無意識地握破了手上裝著冷水的玻璃杯。

「吃、吃飯？」

雖然男性邀女性出來吃飯是件稀鬆平常的事情，但如果對象是蘆屋和梨香就不太一樣了。

「然、然後呢？」

「我沒有拒絕的理由，所以就答應了。非常積極地。」

儘管惠美不曉得他們是在哪裡進行這段積極的談話，總之梨香非常樂意答應蘆屋的邀約。

「這、這樣啊。」

惠美在困惑的同時，也認真想像兩人一起吃飯的場景，然後開始煩惱了起來。

畢竟對象是那個蘆屋。

雖然和一般人的意義不太一樣，但蘆屋也同樣認為在其他人面前打扮自己裝飾門面毫無意義。

如果是真奧，或許還會莫名地在意虛榮，挑一間還不錯的店。

實際上，惠美也曾經看過真奧盛裝打扮和別人約會的場景。

儘管事後得知那些衣服是由蘆屋挑選，但加上真奧打工時的工作態度，惠美很快就在心裡

建立起真奧在正式場合會好好打扮的印象。

反過來看蘆屋。

他平常的確打扮得很整潔，但和真奧不同的是，惠美對蘆屋的衣服完全沒有任何深刻的印象。

無論再怎麼拚命回想，她都只想得到夏天和做粗活時的輕便裝扮，只有差在布料的面積變小而已。

「那、那個，他約妳去哪裡吃飯？」

「不曉得。不過我大概知道惠美在擔心什麼。」

梨香對無法壓抑內心動搖的惠美露出苦笑。

「我也很清楚真奧先生家的狀況。就算是吃華丸烏龍麵或麥丹勞，我也不在意。」

「我覺得還是在意一下比較好。」

不過如果梨香能夠接受，那惠美也沒辦法再多說什麼。

「那麼，妳想找我商量的就是這件事嗎？」

「關於蘆屋先生吃什麼的事情，就算找惠美商量也沒用吧。」

這麼說也對。

「惠美剛才不是說可能會對我說些重話嗎？換句話說，就是那麼回事。」

「那麼回事是指……」

「嗯，簡單來講，我們之後應該會重新談論真奧先生和惠美告訴我的那些事情。蘆屋先生之所以約我出來，想必單純只是想私底下跟我道歉。他本人也是這麼說的。」

「這樣啊……」

惠美從剛才開始就一直重複這樣簡單的回答。

「唉，所以啊。」

說到這裡，梨香開始變得坐立不安。

「事到如今，那個，我打算放手一搏。」

「咦？什麼？放手一搏？」

「嗯、嗯，那個，妳聽我說。」

「嗯。」

梨香的臉愈變愈紅。她扭著身體，一副難以啟齒的樣子。

即使如此，梨香還是下定決心，在幾次深呼吸後宣告：

「坦、坦白講，我，那個，喜、喜歡上蘆屋先生了，所以……」

「我知道，所以呢？」

「…………咦？」

「咦？」

「……為什麼？」

「妳問為什麼，咦？」

「咦？」

滿臉通紅的梨香和表情認真的惠美，在短暫交換了一下視線後陷入沉默。

「妳……早就知道了，咦？」

「梨香，難道妳是在為我知道這件事感到驚訝嗎？」

「……嗯，因、因為，我在跟妳說這些話時，其實害羞得要死……」

或許的確是這樣沒錯，雖然對梨香不好意思，但對惠美來說，現在才講這個實在太晚了。

「不好意思……只要看過梨香和艾謝爾在一起時的樣子，應該不會有人沒發現。」

「……是這樣嗎？」

「大概吧。」

「那蘆屋先生本人……」

「他倒是意外地可能沒發現……不過魔王和貝爾他們，應該已經注意到了吧。」

梨香驚訝地眨了一下眼睛，接著──

「真奧先生和鈴乃…………啊嘎？」

「梨香？」

她突然發出奇怪的慘叫，額頭也以幾乎要將桌上的杯子彈起來的力道撞上桌子。

「對————啊啊啊啊啊啊啊！我怎麼會忘記了？他、他那天不是才跟我說過嗎啊啊啊啊！」

「等、等等，梨香，妳冷靜一點！為什麼突然這樣！」

「啊嗚嗚嗚啊啊啊啊啊啊，他有說過，他發現了，對啊，真奧先生那天嗚嗚嗚嗚。」

「魔王？魔王對妳說了什麼？那天，是指他們去買電視那天的事情嗎？」

「對————啦！那天！真奧先生，有跟我說過，他發現我的感情，唔啊啊啊啊啊啊！」

剛才還在猶豫要不要坦白自己感情的少女，現在已經變得像爪子被粉碎的馬勒布朗契般以沙啞的聲音不斷呻吟，並痛苦地掙扎。

「『妳該不會喜歡上蘆屋了吧』！真奧先生！真奧先生當時是這麼說的！他對我這麼說過！啊啊啊啊啊啊！我記得後來真奧先生還被鈴乃打了一頓和勒住脖子啊啊啊啊啊！這是怎樣！這是怎樣！我到底在幹什麼！為什麼每次只要一扯到蘆屋先生，我就會遇到這麼丟臉的事情？我是笨蛋嗎？好丟臉好丟臉真是羞死人了，這是什麼充滿羞恥的人生！」

「……魔王……唔！」

雖然不曉得他們是在什麼樣的情況下有過這段對話，但惠美決定這幾天要找機會嚴格地從

真奧那裡問出事情的經過。

「不用擔心，不用擔心啦，梨香。那個魔王雖然不太懂得體貼別人，但不是會輕易將這種事告訴別人的傢伙，艾謝爾……蘆屋應該還沒從別人那裡聽說這件事。」

「是——這樣嗎？感覺應該已經有人告訴他了啊啊啊啊？」

梨香抬起頭，她的鼻頭已經完全變紅，眼眶裡也充滿了淚水。

「沒、沒事啦。不會有事的。既然貝爾那天勒了魔王的脖子，就表示情報頂多只傳到貝爾那裡……」

「感覺妳自己也不太相信自己講的話，這是我的錯覺嗎？」

「…………對不起，我也不敢跟妳保證。」

「唔哇啊啊啊啊啊啊啊啊啊啊啊啊啊啊啊！」

無法對梨香說謊的惠美，乾脆地說出自己心裡真正的感想。

「可、可是，這次是蘆屋親自約妳出來的吧。當時妳應該沒感覺到什麼不對勁吧？那就一定沒問題了。往好的方面想吧！」

「的、的確，蘆屋先生在電話裡表現得和平常一樣，好不安，我突然覺得不安了！蘆屋先生以前的工作，是像軍師那樣的智謀派吧？他會不會只是隱藏得很巧妙，不被別人發現啊啊啊啊啊。」

GRAND MEN

「我就說沒問題了！那個男人意外地很感情用事，是不會隱瞞的類型。」

雖然蘆屋通常只會在真奧被人污辱、漆原亂花錢、家計變得拮据和支出意外花費時變得感情用事，但惠美刻意不提這點。

「那、那麼，梨香，結果妳是想和我商量什麼事？如果妳是想問艾謝爾的事情，不好意思，即使梨香已經知道他們的事情，我能告訴妳的資訊大概也和以前跟妳說過的那些差不多！」

「嗚嗚……」

梨香再度淚眼汪汪地抬頭看向惠美。

即使對方擺出這樣的表情，惠美也真的沒有什麼好說的了。

無論是針對蘆屋四郎，還是惡魔大元帥艾謝爾，惠美都沒什麼可以告訴別人的個人情報。

即使不考慮過去的宿怨，惠美也只知道他個性節儉、質樸剛健，總是穿著以成本效益為最優先考量的衣服，以及完全不挑食而已。

雖然似乎不像真奧那樣有去考資格或證照，但他經常去圖書館並累積了豐富的知識，偶爾還會展現出奇妙的人類特技支持魔王城的家計。

不過關於蘆屋的事蹟，惠美大部分都是聽來的，很少親眼看見。

以家庭料理來說，他的技術是一流的，這是蘆屋少數能讓惠美甘拜下風的優點。

儘管他似乎不擅長使用電子機器，但這單純只是因為家裡沒有，所以很少有機會接觸這些東西而已，既然蘆屋都已經拜託梨香就買手機提供意見了，她應該也很清楚這點。

「所以我能告訴妳的事情，真的和之前差不多，坦白講我真的不知道什麼能在約會時派上用場的資訊……」

「別說是約會啦！這不是很難為情嗎？對方又不這麼想！」

「不然妳要我怎麼說。」

「是這樣沒錯啦！啊～為什麼我會遇到這麼丟臉的事情！」

惠美才想問這個問題。

梨香在沙發座上慌張失措了一段時間後，才紅著臉調整呼吸。

「那個，我想跟妳商量的是……啊～真是的，好丟臉、好熱、心臟好痛……我想先和惠美好好確認一下！我……」

就在梨香拚命吐露自己心聲的瞬間，惠美腦中浮現了某個光景。

惠美曾經看過這個表情和感情。

「我、我可以喜歡蘆屋先生嗎？」

「……」

在心想「果然如此」的同時，惠美點頭回答：

「就算妳這麼問，我也很困擾。」

「喂？」

惠美的回答，讓梨香將頭往前探。

「可、可是，除了惠美以外，我也沒其他人能問了。」

「為什麼？」

「妳還問為什麼……因為蘆屋先生……」

梨香激昂地說著，惠美看見她的表情，不自覺地露出微笑。

「因為蘆屋是毀滅我故鄉的惡魔的同伴？那和梨香有什麼關係嗎？」

「我…………」

梨香忍不住站了起來。

一高一低的視線，短暫在桌上交會。

「……沒有嗎？」

「我覺得沒有。」

惠美抬頭看著梨香說道。

「是嗎？」

「嗯。」

「……為什麼？」

梨香倒抽了一口氣。

「我早就已經度過那個階段。」

「度過那個階段？」

「嗯。」

惠美冷靜地拿起剛才差點握碎的玻璃杯，喝了一口冷水。

「雖然最近也稱不上到親近的程度，但能確定的是，我和艾謝爾現在依然是敵對關係。」

「嗯，所以說……」

「即使如此，我也無法剝奪梨香喜歡艾謝爾的心情。」

被人當面複誦自己的感情，讓梨香臉上的溫度又稍微上升了一些。

「梨香也是因為即使知道我和艾謝爾的過去，依然還是喜歡他，所以才會在意我的事情吧？」

「嗯，那個，除了惠美以外，鈴乃和艾美拉達也是如此吧，畢竟她們也是安特·伊蘇拉的人。」

梨香沒有發現惠美說了「也」。

「的確。不過即使如此，當然還是沒有關係。」

在惠美的腦中，梨香的臉和另一位重要朋友的臉重疊在一起。

「我沒辦法積極地為妳加油，如果艾謝爾打算採取危險的行動，我會將周圍的安全擺在梨香的心情之前。不過追根究柢，他們會來日本全是我的責任，梨香只是在不知情的狀況下碰巧遇見並喜歡上他。妳覺得我有資格對這件事情說三道四嗎？」

話說回來，上次也是在吃完飯後討論這個話題。

那個女孩當時應該也和現在的梨香一樣驚訝。

「因此梨香的感情，以後也只能由梨香自己決定。」

「…………這樣啊。」

梨香總算重新坐下，愣愣地看著惠美的臉。

「我還以為會被說必須考慮安特．伊蘇拉人的心情，或是被指責一點都不懂戰爭呢。」

「雖然我不會那麼說，但我接下來要說的話更殘酷。因為……」

「我知道。妳想說視情況而定，或許會毫不留情地殺掉我喜歡的人吧。」

「就是這麼回事。」

惠美苦笑地點頭。

「只有這條線我絕對不能退讓。雖然現在這也沒什麼意義了。」

「咦？」

「因為我已經不認為那些傢伙會在日本危害任何人了。所以只要他們還留在日本，我就絕對不會取他們的性命。前陣子是因為還有殺父之仇要報，必須靠憎恨支撐自己，所以才要和他們劃清界線。」

「這樣啊……」

梨香輕輕嘆了口氣。

「那麼……惠美現在是怎麼看待真奧先生他們？」

「……是敵人喔。」

惠美稍微猶豫了一下。

梨香並未看漏這點。惠美自己也很清楚。

「雖然就結果而言，爸爸還活著。可是那些傢伙做的事情，讓我的人生大大地偏離了……原本應該存在的另一條軌道，這是毋庸置疑的事實。而且因為他們的所作所為而喪命的許多人們的遺憾，哀悼那些犧牲者的許多人們的悲傷，都確實地殘留在我心裡，那是他們應該承受的報應。」

不過惠美自己也很清楚，那些東西已經不足以作為自己內心那股憎恨之火的燃料。

「我想過很多次。雖然做這種假設也沒什麼意義，但即使魔王他們什麼也不做，安特・伊蘇拉的人類之間的鬥爭也從未停止過。地球這裡也一樣吧？儘管日本相對比較和平，但世界上

總是充滿大大小小的紛爭，每天也都有生命消逝。我的狀況，只是入侵者剛好是魔王，而我又有足以對抗他們的力量罷了。我好幾次差點被殺，但也奪走了許多的生命。最後我來到了這個國家。在這個國家，和我同年的女孩完全不曉得明天可能就會喪命的恐怖，過著和平的生活，這讓我非常羨慕。不過無論再怎麼羨慕她們，也沒辦法將我的過去變得和她們一樣。最重要的是……」

惠美握住梨香放在桌上的手。

「我在這個國家和梨香成為了朋友，我不想將在這裡的這段時間，當成扭曲人生的結果。即使有機會讓自己的人生重新來過，我也不想選擇見不到梨香的人生。」

「惠美……」

看著自己被握住的手，梨香的臉又紅了起來。

「雖、雖然妳好像對我有很高的評價，但、但我不是那麼了不起的人。」

「梨香對我而言是什麼樣的人，是由我來決定。梨香是我的人生不可或缺的重要朋友。」

惠美當著慌張的梨香的面，乾脆地說道。

「唔～～等等，這讓我因為和剛才完全不同的理由感到難為情了啦。要是太捧我，艾美拉達之後可是會嫉妒喔！」

「說得也是。不過艾美原本是身分高到我根本沒機會直接和她說話的人。能以女孩子的身分和那樣的她一起歡笑，也是我人生的結果之一。別看她那樣，她可是個非常可靠的大姊姊喔。」

「不好意思，我到現在還是無法接受她年紀比妳大的事實。」

「我看起來有這麼早熟嗎？雖然是很久以前的事，但千穗也曾經對我的年齡感到驚訝。」

「艾美拉達看起來太年輕也是一個原因，雖然這麼說有點不好意思，但惠美之所以讓人覺得早熟，大概是因為過去那段艱困的人生。我現在還是不覺得妳的年齡比我小，儘管在只有我們兩人的時候，偶爾會看見妳表現出與年齡相符的一面，不過看在旁人眼裡，妳應該就像那位麥丹勞店長一樣成熟吧。」

「身為一位女性，被人說看起來像木崎小姐，讓我純粹地感到開心。」

惠美微笑地放開梨香的手。

「再回到原本的話題上，總之梨香沒必要在意我的事情，就順從妳自己的心情，放手去做吧。」

「這麼說來，我們原本的確是在談這個呢。不過啊。我現在是因為對象是惠美才敢這麼坦白，一旦對象換成本人，我還是有可能什麼都不做就直接撤退喔？」

「那就到時候再說吧。那也是梨香的選擇。即使想告白，最後還是什麼也沒做。這種事也沒什麼好稀奇的吧。」

「好～丟～臉～啊～別再說啦～～！」

梨香雙手摀著臉，再次陷入激動。

「雖然這樣好像是在老調重彈，我也沒什麼立場說這種話，不過真虧妳能看得這麼開呢。他明明就和妳自己說得一樣，是妳的敵人。」

「我不是說過了嗎？我已經度過那個階段。」

「那個女孩」的反應令人驚訝地毅然，當時腦中想的事情，現在無疑已經在惠美的心中定型為堅定的想法。

那就是真奧、蘆屋和漆原雖然是安特．伊蘇拉人的敵人，但這件事和日本、和地球的人們毫無關係。

正因為沒有關係，所以就算出現愛著他們的人也是理所當然，正因為沒有關係，所以真的到必須替他們定罪的時候也不用猶豫。

「已經度過的階段，該不會是指千穗吧？」

「雖然視情況而定，千穗現在可能比我們還要堅強，但她最根本的部分畢竟還是跟其他同齡的女孩子一樣。千穗當時是在既沒有能商量的對象，也沒有能保護自己的人的情況下，自己一個人知道魔王和我的真面目，所以她應該煩惱了很久吧。」

「那當然會大受打擊啊。妳說的是那件事吧？漆原先生還是真奧先生的敵人，惠美在千穗差點被高速公路壓扁時，為了救她還讓腿受傷的事情。」

梨香想起在惠美被抓去安特．伊蘇拉的那段期間，從千穗本人那裡聽說的事情。

「唉，大概就是那樣。獨自被丟到那種真的就像用電影特效做出來的環境中，而且除了自己以外，其他人都還不記得這件事，應該真的很恐怖吧。」

「嗯？什麼意思。其他人都不記得？」

梨香疑惑地問道，惠美指著自己的太陽穴回答：

「只要說是記憶操作，應該就能理解吧？魔王、我和貝爾，都能在某種程度上操作別人的記憶。」

「啊？」

梨香驚訝地睜大眼睛。

「什麼，是之前那個像魔法的東西嗎？」

「魔王用的是魔力。我們用的是法術，嚴格來說是完全不同的技術，但對被操作的人來說都一樣吧。梨香，妳應該完全沒聽說過吧？首都高速公路崩塌可是就算流傳個五年十年都不奇怪的大事件。魔王在戰鬥的過程中張設了讓外界看不見內部狀況的結界，並消除了裡面所有人在那段短暫期間的記憶。講起來好像很簡單，但那是只有魔王才辦得的事情。若是我們或鈴乃，光是要消除一個人的記憶就得費上不少工夫。」

「我、我怎麼覺得自己好像聽見了很恐怖的事情……」

「我雖然騙了梨香關於出身背景的事情，但我發誓絕對沒操作過妳的記憶。」

「啊，嗯，這麼說來，第一次聽見安特．伊蘇拉的事情時，真奧先生曾乾脆地對我說過『可以幫我消除恐怖的記憶』。因為當時震撼的事情太多，所以我只稍微想過原來連這種事都做得到，現在冷靜回想起來實在太恐怖了。不過，那在安特．伊蘇拉不會在犯罪搜查之類的狀況被濫用嗎？」

「嗯～到底是怎樣呢。我是聽說有解咒的方法，因此就法術的狀況來說，應該無法徹底消除記憶吧。我也只學過基礎的部分，所以不太清楚，貝爾大概……」

「呃，我就算知道詳情也沒用，所以還是算了，不過，這樣感覺還滿奇怪的。」

梨香在發現某件事後，如此說道。

惠美雖然知道是哪件事，但依然刻意發問：

「妳覺得哪裡奇怪？」

「就是真奧先生，居然只讓千穗的記憶維持原狀這件事。」

「……說得也是。」

惠美深深點頭。

「真奧先生非常珍惜千穗吧？雖然這麼說也有點那個，不過就連沒受傷的我，都被那個叫加百列的人嚇到發燒並臥床不起，造成了嚴重的心靈創傷，差點死掉的恐怖，一般人應該沒辦法跨越吧……」

「而且千穗還親眼看見了他們的惡魔型態。」

「惡魔型態簡單來講，就是真奧先生他們的真實姿態吧？那個……雖然我還沒看過，但果然會很像怪物嗎？」

「雖然要看對怪物的定義，不過很難說是一般高中女生平常會想往來的外表。妳真的想知道詳情嗎？」

「……為了未來著想。」

梨香突然換上嚴肅的表情點頭。她果然還是會在意心上人的真面目。

「路西菲爾。也就是漆原的外表是落差最小的。大概就是現在的外表，再加上一對巨大的黑色翅膀而已。」

「啊，差那麼少嗎？」

梨香的態度瞬間放鬆，惠美搖頭。

「艾謝爾，也就是蘆屋的惡魔型態，是長了兩條像蠍子的尾巴。」

「尾、尾巴？」

正確來說，是一條尾巴分岔成兩條，不過惠美並不清楚惡魔屁股的構造，所以直接照看見

的描述。

「他的皮膚就像是由連劍都砍不穿的金屬構成的蝦殼般，構造非常堅固，而且這種皮膚還覆蓋了包含臉、手和身體在內的所有部位。他平常的聲音極為刺耳。如果只看輪廓，那構成要素是勉強和人類相似，可是身高比現在還稍微高一點，至於藏在衣服底下的腳，因為我也沒仔細看過，所以不太清楚。」

「蝦、蝦子……」

看來梨香似乎無法在腦中好好想像。

只有將擺在年節料理中央的龍蝦頭和蘆屋的頭連在一起的畫面，出現在她想像中的螢幕上面。

「總覺得不太能夠想像呢。」

「唉，如果只拿來和人類比，那魔王的外表還比他像人類。」

「啊，是、是這樣嗎？」

「嗯，不過魔王的身高接近三公尺，手腳也像木頭般粗壯，此外他的腳底是蹄，頭上有長角，另外還有一雙收放自如的翅膀。」

這樣也能算是與人類相近嗎，放棄理解的梨香露出驚訝的表情。

「為什麼翅膀會可以收放自如啊？」

「我不知道。可能是用魔力形成的，也可能是一開始就有。不過他就算沒翅膀好像也能飛，所以我也有點搞不懂那到底是用來做什麼的。」

「妳沒有加油添醋吧？」

「要怎麼加油添醋啊？」

梨香沒實際看過，所以會有這樣的心情也是理所當然的，不過惠美所說的全都是事實。

「唉……感覺完全無法想像。」

「就算妳說想看，他們應該也不會乖乖答應，而且如果沒做好適當的處置，梨香可能會死掉，因此或許有點困難。」

「咦，為什麼我會死掉啊？」

「暴露在強大的魔力下，會讓正常人有生命危險。他們都是高等惡魔，所以在某種程度上似乎能不讓自己的魔力外漏，不過考慮到萬一的狀況，也不能保證不會造成後遺症。」

「…………」

這次梨香的臉確實僵住了。

「當然現在不用擔心這個喔，他們就算沒有魔力，也能靠吃飯延續生命，蘆屋現在似乎有刻意將自己的魔力放空，所以就算靠近或碰他也不會有危險。」

「又不是什麼毒蜘蛛……」

「認知上或許還滿接近的。」

果然愈是說實話，就愈像是在貶低朋友喜歡的人，惠美稍微抬高音量說道。

「看來這條路比荊棘之道還要難走呢。」

「或、或許是這樣沒錯。」

惠美也同意。

「不過在我之前，已經有另一個人走上這條道路了吧。」

「那孩子要是出生在安特．伊蘇拉，一定能成為傑出的大人物。」

「現在就已經很了不起了吧。在我知道之前，她一直獨自懷抱著大家的祕密。我覺得自己可能辦不太到。」

「嗯……的確。」

梨香和千穗一樣因為安特．伊蘇拉的事情被捲入危險，最後也因此得知惠美等人的真相和真面目。

不過千穗和梨香在得知真相之後受到的照顧，有著明確的差異。

梨香在被前來綁架蘆屋的加百列和安特．伊蘇拉東大陸騎士團襲擊時，大黑天禰馬上就來救她了。

之後梨香就和自己說的一樣發燒並臥病在床，這段期間，千穗經常去探望她，在千穗的引導下，真奧、鈴乃、漆原和天禰也各自對梨香表示關心。

不過，千穗又是如何呢。

當時鈴乃和天禰都不在，惠美和蘆屋也尚未與千穗建立深厚的關係。

在這樣的情況下遭到路西菲爾和奧爾巴綁架，被捲入超乎常識的戰鬥，然後被迫面對自己信賴並抱持好感的前輩其實是異世界魔王的事實。

除了自己以外，其他人都沒保留這一切的記憶，不難想像她在知道事實後，一定在喜歡前輩的心情與戰鬥回憶的夾縫間受了不少苦。

儘管在與惠美成為無話不談的朋友的那天，她的苦惱看起來已經一掃而空，但最後她似乎仍花了不少時間，才又能和真奧像以前那樣聊天。

「千穗雖然表現得若無其事，但一定受過不少苦。不對，或許現在依然如此。」

千穗知道真奧的真相，以及他的真面目，即使好幾次面臨生命危險，她現在依然打算更加深入真相，無論最後將面臨什麼樣的結果，她都絕對不會扭曲自己的想法吧。

「我可以問個有點尖銳的問題嗎？」

「什麼問題？」

惠美困惑地回答，梨香一臉嚴肅地說道：

「惠美的爸爸，和天使結婚了吧。」

「……是啊。」

惠美之所以猶豫了一下，是因為她至今仍不願親口將萊拉稱作自己的「母親」，但梨香依然毫不在意地繼續說道：

「那麼以前有和惡魔在一起的人類嗎？」

這的確是個尖銳的問題。

不過對知道惠美父母狀況的人來說，就算有這樣的疑問也完全沒什麼不可思議的。

對此惠美的回答非常明確。

「我不知道。」

這確實是惡魔的證明。

人與天使能夠攜手共度一生。

那麼人和惡魔呢？

「……就算在這裡講再多，也沒辦法確認啊。」

梨香微笑地點頭。

「謝謝妳，惠美。謝謝妳陪我商量到這麼晚。」

抬頭一看，掛在店內牆上的時鐘已經指向接近晚上十二點的位置。

「別在意，我很久沒和梨香一起吃飯，非常開心喔。妳來得及搭電車嗎？」

「我事先有查過班次。我這邊是沒問題，不過妳不是託鈴乃幫忙照顧阿拉斯．拉瑪斯妹妹嗎？要是太晚回去，或許會給鈴乃和阿拉斯．拉瑪斯添麻煩。」

「我今天有事先跟她們報備過，所以沒關係，不過謝謝妳的關心。另外我忘了問一件最關鍵的事情，妳打算什麼時候『決勝負』？」

「明天中午。」

「還真快。」

「因為我們彼此都只有明天有空。所以我才急著跑來找惠美啊。嘿嘿嘿。」

梨香害羞地笑道。

「這樣啊。雖然我剛剛才說沒辦法為妳加油，不過還是祝妳好運。」

「坦白講就目前的狀況來看，我也不曉得什麼樣的結果才是最好的。」

起身準備回去的梨香拿起帳單，但惠美阻止了她。

「我吃的東西我自己付。」

「呃，不可以這樣啦。」

「我這邊也不能退讓。今天的事情若真要追根究柢，該請客的人其實是我。所以今天就跟平常一樣各付各的吧。」

「……真是說不過妳。」

惠美一強調要和平常一樣，梨香就乾脆地舉起雙手投降。

在幡之谷站前和梨香道別後，惠美獨自走向Villa・Rosa笹塚。

坦白講，她覺得梨香的心情能傳達給蘆屋的可能性很低。

和真奧不同，蘆屋總是與人類保持一定的距離，這是惠美對他的印象。

不像真奧那麼熱中於人類，也不像真奧那麼迎合人類，儘管如此，他也不再像以前那樣無意義地敵視人類。

「所以要是真的一切順利，我反而會很驚訝。」

看著自己吐出的白色氣息在路燈下消散，惠美稍微加快腳步。

有人還在Villa・Rosa笹塚等待她。

在應該消滅的敵人居住的公寓，有她愛的存在，以及重要的朋友，距離惠美開始過著這樣的生活——出入Villa・Rosa笹塚並與敵人和朋友在同一個地方工作——也才過一個多月。

要是這個複雜又奇怪，不曉得該如何形容的狀態，這個舒適到令人覺得難以置信的世界能夠一直持續下去就好了。

路燈照明、車燈燈光以及便利商店的亮光，惠美走在這些從許多人的生活裡流洩出來的光芒中，如是想著。

在這條現在已經走慣的道路前方，看得見公寓的燈光。

從二樓的兩個房間的燈都還亮著來看，真奧和鈴乃都還醒著。

從什麼時候開始，自己只要一看見那個燈光，心情就會放鬆下來呢。

「真討厭，明明這樣是不行的。」

是因為剛才跟梨香說了那種話，所以內心又出現奇怪的故障了嗎？

「……嗯？」

不曉得是不是眼睛也出現了故障，惠美抬頭看向公寓時，在旁邊發現了奇怪的東西。

有人抱著膝蓋坐在公共樓梯上。

而且還是兩個人。

在認出是誰後，惠美不自覺地躲到公寓外圍的牆壁後面。

「惠美那傢伙應該早就下班了，到底在搞什麼啊……」

「貝爾小姐說她好像要去和朋友見面……」

是真奧與萊拉。

天氣這麼冷，為什麼那兩人要縮著身子，顫抖地待在那種地方呢？

「朋友？鈴木梨香嗎？」

「我不知道是誰，只聽說那個人突然到店裡找她……」

「那就沒錯了。是鈴木梨香。那傢伙經常到店裡來。」

「雖然我不認識，但那個人是艾米莉亞的朋友嗎？」

「嗯。儘管是地球人，不過她也知道我們的真面目。她似乎是惠美最好的朋友，所以應該也知道妳的事情吧。」

「是嗎？有無話不談的朋友是件好事呢。」

「不過也不用挑今天來吧。都怪鈴乃，在惠美回來前，我們都不能進房間，如果去找她的人是鈴木梨香，不曉得幾點才會結束。」

萊拉之所以待在惠美要回來的地方，或許是想跟她討論之前的那個話題，不過為什麼真奧也在？

即使兩人相處的方式已經和以前不同，但真奧不可能特地耐著這股寒冷到外面，就只是為了等惠美回家。

話說回來，鈴乃剛才在講電話時，似乎有在責備一個可能是真奧的人，該不會和這件事有關吧。

不過無論鈴乃說了什麼，惠美都不覺得蘆屋會放任她在這種寒冷的天氣把真奧趕到外面。

就在惠美思考著這些事情時——

「我好像很久沒這麼做了呢。」

她想起自己以前經常像這樣獨自前來打探Villa・Rosa笹塚的狀況。

自從阿拉斯・拉瑪斯出現後，惠美就變得光明正大地登堂入室，明明不是那麼久以前的事情，但不知為何現在卻感到非常懷念。

「我覺得自己好歹也算是有在關心……」

「從女人的角度來看，男人的覺得都只是藉口。結果也不是那樣對吧？無論採取多麼有效的對策，只要沒伴隨結果就沒有意義。」

「我才不想被妳這麼說。」

「不好意思，我說的都是真的。我長期在各國見過各式各樣的人，奇妙的是，大家吵架的原因都差不多。」

「我們才沒有吵架。」

「從彼此有溝通這方面來看，吵架還算是比較好。」

「什麼意思啊。」

雖然以魔王和大天使的對話來說，這話題感覺還滿親近的，不過看來真奧似乎是惹某位女性不高興了。

到底要惹惱誰，才會變成這種狀況呢。

應該不是正在他面前的萊拉，惠美今天也沒和真奧見過面。

儘管鈴乃接電話時感覺不太高興，但如果只是惹惱鈴乃，蘆屋應該不會容忍她將真奧趕出門。

這麼一來，真奧有可能觸怒的女性，就只剩下天禰、艾契斯或房東志波了。

考慮到真奧和蘆屋都無法反抗Villa．Rosa笹塚的房東，最有可能的狀況應該是真奧因為某件事被志波美輝斥責，所以蘆屋只好含淚看著真奧被趕出去，然而話題卻朝出乎惠美意料的方向發展。

「因為就我聽來，完全是你單方面在依賴人家。」

萊拉嘆息地說道。

「依賴……呃，或許是這樣沒錯，不過我們彼此應該都知道這是無法靠普通的感覺處理的事情……」

真奧試圖反駁，不過他的聲音聽起來毫無魄力。

並非因為天氣太冷而顫抖，感覺單純只是明知道自己的話構不成理由，但依然不得不這麼說。

「這個『對方應該也知道』就是在依賴啦。就算當時無可奈何，之後還是會逐漸感到不滿或不安，這種事情很常見吧。」

「是……這樣沒錯。但就算妳這麼說，現在也無法做出了斷。」

「即使無法做出了斷，也應該為此努力吧？你有讓她看見你的努力嗎？難道不是預測她總是會尊重你的意志，並且能理解你的一切，於是就怠於展現自己的誠意了嗎？」

「………」

或許是被萊拉說中了，真奧陷入沉默。

「我說你啊，雖然或許那孩子的器量和強韌的精神確實非比尋常，但她終究還是個高中女生喔！人生經驗只有十六七年喔！別認為她有辦法和你這個活了好幾百年的惡魔有相同的想法啦。」

「是這樣沒錯……我知道啦……嗚嗚，好冷，惠美怎麼不快點回來……」

惠美忍不住倒抽了一口氣。

能成為真奧和萊拉共通話題的「高中女生」就只有一個人。

那就是千穗。

真奧是惹千穗不高興了嗎？

「醜話先說在前頭。『罪惡的男人』這種東西，即使是像電視劇或電影裡面那樣英俊、富有又具備崇高的社會地位，也不會被原諒。既然即使在電視劇裡也無法獲得原諒，就表示在現實世界絕對不會被原諒。」

「妳別講什麼電視劇或電影啦。妳老公會哭喔。」

「那個人也喜歡時代劇，所以沒關係啦。順帶一提，在時代劇內玩弄女人的花花公子就算後來改邪歸正，依然在結局之前就被流氓或黑心官員的手下殺掉，這樣的例子可是層出不窮喔。」

「我已經聽不懂妳在說什麼了。」

「意思就是傷害可愛女孩的男人，一定會遭受好幾倍的報應。」

惠美忍不住對萊拉就時代劇的分析深表贊同，然後立刻回過神。

看來已經能夠確定真奧傷害了千穗。

而且從鈴乃在電話裡的表現來看，蘆屋也答應讓真奧到屋外。

鈴乃非常珍惜千穗，蘆屋也將千穗視為一個值得尊敬的存在，對她比漆原還要禮貌。

不過惠美認識的真奧不可能傷害千穗也是事實。

就像在剛才與梨香的對話中確認的那樣，真奧從以前開始就一直對千穗另眼相待。

惠美自己開始在麥丹勞工作後，也隱約從木崎、明子和川田那裡聽說真奧對千穗的態度，無論是在被知道真面目前還是之後都完全沒有改變。

「千穗……沒事吧？」

如果情況允許，惠美真想將這兩人丟在寒空下，直接去抱緊因為真奧而受傷的千穗。

不過現在已經超過晚上十二點，突然在這時間跑去拜訪也太沒常識了。

而且既然是千穗，感覺無論被真奧做了多麼過分的事情，她都不會說真奧的壞話。

真要說起來，真奧到底對千穗做了什麼？

剛才聽見的那些話，完全沒提到任何具體的事情。

「不過她還真是堅強呢。讓我想起了以前的我。」

「要是妳再繼續說夢話，我就從後面踢妳下去喔。」

「你這小男孩般的反應也很不錯喔，真是純情……呀啊？」

「？」

聽見萊拉的慘叫，讓惠美忍不住將頭探出牆外窺探，然後發現萊拉正喘著氣以不自然的姿勢靠在樓梯的扶手上。

看來真奧本來真的打算把萊拉踹下樓。

「不、不、不用真的踢吧！若摔下去不是很危險嗎？」

「天使戲弄魔王居然只要這點程度就能了事，妳應該要反過來感謝我才對。而且妳的女兒早就不曉得在這座樓梯摔倒過幾次了，我是在替你們增加共通點。」

真奧亂七八糟的理論讓萊拉驚訝地問道：

「是、是你把艾米莉亞推下去的嗎？」

「是她自己跌倒的啦。我還救過她一次。好好感謝我吧。」

這麼說來，的確是發生過這種事。

雖然最近已經不至於再踩空這裡的樓梯，但這單純只是因為自己變得經常上下這裡。

隨著與Villa・Rosa笹塚二樓住戶的距離逐漸縮短，惠美變得不再害怕那座樓梯。

真奧以不會被萊拉發現的方式，緩緩用鼻子呼出從喉嚨發出的嘆息。

「那麼，你打算怎麼做？」

「……我還在考慮。」

「雖然我沒立場說這種話，但這種問題拖愈久只會愈難處理喔。」

「我還真的最不想被妳這麼說呢。快點和妳女兒和好啦。」

「我不就是為了這個目的才在外面等她嗎？」

「話先說在前頭，妳可別表現得像是在賣她恩情喔。惠美可不是普通頑固。要是惹她不高興，她可是會變得比我還冷酷。」

「是、是這樣嗎？」

「……你說誰冷酷啊。」

就在萊拉的語氣變得僵硬的同時，惠美在他們看不見的地方蹙眉抱怨。

「畢竟她經歷了艱困的人生，所以不會輕易相信別人。姑且不論小千和鈴木梨香，就連現在感情這麼好的鈴乃，她在一開始也是擺出連鈴乃本人都不得不放棄的警戒態度。」

「……不過現在看起來完全沒那個跡象。」

「那是現在。妳也只知道惠美剛出生和最近的事情吧。」

「你還不是和我差不多！」

「至少我還有最近一年多的優勢。畢竟我們沒事就會被平白湊在一起。」

「……平白是什麼意思啊。」

惠美的眉頭又皺得更深了。

「她最討厭不合理的事情，即使說得通，只要她不能接受就會立刻變得感情用事，馬上就動手，偏偏她這個人又禁不起打擊，一下就因為無聊的事情變得沮喪，真是讓人受不了。」

儘管因為躲在牆壁後面而看不見真奧的表情，但他現在一定正認真地皺起眉頭抱怨。

不過即使被人這樣肆無忌憚地在背後說壞話，惠美依然不可思議地不會感到憤怒。

「……什麼啦。」

取而代之的是，就只有「也不用說得這麼過分吧」的想法，像掉在純白的手帕上後不容易清洗的咖哩汙漬般，輕輕地在惠美心中浮現。

「哼～」

另一方面，明明人類之敵正在講女兒的壞話，萊拉卻表現得像是一點興趣也沒有。

惠美反而對這邊還比較生氣。

雖然這是基於為人子女複雜的心情，但惠美不想自覺到這點，於是靜靜地忍耐。

「關於阿拉斯・拉瑪斯的事情，她一個人是真的處理得很好。不過她以前明明經常囉唆地說我會給阿拉斯・拉瑪斯帶來負面影響，最近到了假日卻又一臉理所當然似的跑來這裡閒晃。雖然這樣阿拉斯・拉瑪斯會很開心，她也會比較輕鬆。」

「喔……這樣啊。」

「喂，妳那是什麼態度……咦？為什麼我們會討論這個？」

「是在講我跟艾米莉亞沒那麼容易和好的事情吧。」

萊拉擺出興趣缺缺的態度，真奧也因此回過神。

「啊，沒錯沒錯。」

儘管重新掌握了狀況，但真奧在失去氣勢後就一直保持沉默。

為了避免再被人繼續說下去，以及那道沾染上自己內心手帕的汙漬繼續擴張，就在惠美覺得差不多該現身時——

「你真的對艾米莉亞的事情一清二楚呢。」

萊拉的一句話，讓惠美再次停在原地。

「……啊？妳在說什麼……」

「艾米莉亞喜歡的東西，討厭的東西，以及平常在想什麼，全都被你說完了。這是因為你非常仔細地在關注艾米莉亞吧。」

「……唔。」

惠美倒抽一口氣，同時感覺自己的臉突然變熱。

然後她毫不隱藏自己表現出的疑惑，即使躲得好好地依然當場坐倒在地。

「我，現在，是怎麼了……」

「妳又說這種容易讓人誤會的話……」

「這裡只有你和我在，還能讓誰誤會。之前和加百列爭吵時，你也非常體察艾米莉亞的心情，並為她擔心吧。」

「別再提那時候的事情了。」

真奧的聲音聽起來有些模糊。他大概正在抱著頭懊惱吧。

「明明就沒什麼好害羞的。」

「我才沒在害羞。而且與其說我很仔細在觀察她，不如說我是不得不這麼做吧！姑且不論最近的狀況，我之前可是無論何時被她殺掉都不奇怪啊。如果不仔細盯著她的一舉一動，或許我的頭真的會飛掉也不一定。」

「可是，你還是有在看吧。」

「別硬把話題帶到那個方向啦！」

「然後，你就是因為這樣，才會完全沒在注意為你提供舒適環境的千穗吧。」

「…………」

「咦……？」

萊拉在出乎意料的時機搬出千穗的名字，真奧陷入沉默，惠美也意外地睜大眼睛。真奧沒在注意千穗？

「這樣就不講話啦，真是坦率。」

「……說不管我心裡怎麼想都只是藉口的不就是妳嗎？」

「是這樣沒錯。」

惠美感覺萊拉似乎露出苦笑。

「就算要找藉口，對妳說也沒用。如果不向蘆屋和鈴乃，或甚至是小千好好說明，我就無法回自己的家。而且被趕出來也就算了，為什麼我得等到惠美回來才能再進去啊。」

「可能是時間上剛好，又或是有其他的意圖吧。無論如何，總不能現在跑去千穗小姐的家打擾吧。」

「要是我做出不符合常識的蠢事，最後可是會降低小千的父母對她的評價。」

「你在這方面明明這麼有分寸，為什麼會在最容易理解的地方疏忽呢。」

「這部分大概就和鈴乃、蘆屋跟妳說的一樣，我在找藉口依賴她吧。」

「或許吧。」

「唉……總而言之，拜託惠美快點回來吧……否則我真的要感冒了。」

真奧和萊拉就此停止對話，公寓也被沉默支配。

結果雖然在寒冷的天氣裡偷聽了好一段時間，最後也只知道真奧似乎因為對千穗疏於關心，而在惠美回來前被趕出家門。

另一方面，萊拉也提到比起千穗，真奧似乎更理解惠美的事情。

反過來說，真奧就是因為這樣才惹千穗不高興。

「……我、我聽見這件事到底是好是壞啊。」

惠美大概理解狀況了。

而理解的結果，只讓她在心裡感到焦急。

惠美不曉得是真奧說了什麼，或是他的言行讓千穗這麼認為。

但只有一件事是能夠確定的。

千穗在對惠美和真奧的事情吃醋。

「到、到底該怎麼辦才好……」

千穗會這麼想也是無可奈何。

就算是因為萊拉突然出現和伊洛恩引發的騷動而產生動搖，最近的惠美確實以故障等各種藉口依賴真奧的溫柔。

「等等，我不能太早下定論。還是先跟貝爾問清楚情況，再為害千穗誤會這件事向她道歉……」

如果是以前，惠美應該會直說自己只是在利用真奧，但現在不同。

她真的是在向真奧撒嬌。

而且她的心裡還出現了一個不只允許這點，甚至想積極這麼做的自己。

而千穗敏感地察覺到了。

「這、這種事該怎麼形容。好像是和壞人相處久了就會，呃，是哪個國家的城市的名字（註：這裡應該是指斯德哥爾摩症候群）……」

從包包裡拿出薄型手機的手在顫抖。

指尖太乾，畫面無法好好反應。

「啊！」

惠美手一滑，薄型手機就掉到柏油路上。

雖然真奧和萊拉似乎都沒注意到這個聲音，但惠美依然無法壓抑自己內心的動搖。

要是繼續待在這裡，思考一定會朝意外的方向失控。

今天工作了很長一段時間，之後又認真陪梨香商量事情，自己一定只是頭腦太累了。

如果不這麼想，惠美甚至無法重新站起來。

以緩慢的動作撿起薄型手機後，她踩著搖搖晃晃的步伐離開牆邊，走向公寓入口。

接著——

「啊！惠美！妳終於回來了！」

「咦？啊，艾、艾米莉亞，歡、歡迎回來……呀啊！」

「妳到底跑去哪裡閒晃了！為什麼會從那個方向回來！」

真奧推開至今仍不曉得該如何面對惠美、表情僵硬的萊拉衝下樓梯。

「……你們在這裡做什麼？」

惠美沒回答真奧的問題，努力壓低聲音反問道。

「呃，做什麼啊，總之在妳回來前，我都不能進去啦！妳快點去找鈴乃！我都快冷死了！蘆屋！鈴乃！惠美回來了！她已經回來了，所以拜託讓我進去吧！」

「啊！等一下……！」

真奧隨手拉住惠美的手，結果無法揮開那隻手的她，就這樣讓真奧拉上樓梯。

在與一臉呆滯的萊拉擦身而過後，惠美被拉到公共走廊上。

蘆屋和鈴乃同時吊起眼睛，從二〇一號室和二〇二號室探頭出來瞪向吵鬧的真奧，後者顫

抖著身子走進二〇一號室。

雖然真奧什麼都沒說明就做出這樣的事情非常失禮，但惠美本人在被拉到這裡的這段期間，都一直對沒什麼抵抗的自己感到困惑、動搖與傻眼。

鈴乃不悅地瞪著真奧，直到他的身影消失在二〇一號室後，才轉向惠美說道：

「阿拉斯．拉瑪斯已經睡了，要安靜一點。還有萊拉應該在外面吧，妳和她談過了嗎？」

「……啊，嗯。貝爾，我回來了……」

惠美牛頭不對馬嘴地回答鈴乃的問題。

「嗯？喔、喔。歡迎回來。然後要是你們已經談完了，我想稍微跟妳談一下千穗小姐的事情。不好意思，妳明明已經很累了，我去泡茶，給我一點時間……」

「艾米莉亞？那個，不好意思，在妳上完班正累的時候來找妳，對不起，那個，我有件事情想拜託妳……貝爾小姐，對不起，我這邊還沒好。」

此時萊拉從公共走廊的玄關那裡探出頭，窺探兩人的狀況。

「怎麼了，你們還沒談完啊。」

「「現在不是說這個的時候。」」

母女兩人的聲音偶然地重疊在一起。

「嗯？怎麼了？」

「啊，沒事。那個，千穗怎麼了嗎……」

「以優先順序來說，應該是萊拉優先。請萊拉先早點講完吧。」

「嗯、嗯。其實啊，艾米莉亞……艾米莉亞？」

即使被鈴乃和萊拉搭話，惠美看來依然心不在焉，兩人雖然感到疑惑，但依然繼續對話。

「我有在聽。」

「這、這樣啊。其實，那個，後天撒旦和千穗小姐要來我……在東京的家……我希望妳也能一起來。」

「……家？魔王和千穗？」

「沒、沒錯。我聽說後天妳、撒旦和千穗小姐三個人傍晚以後都不用上班，所以請妳務必光臨……那個，也找妳爸爸一起去吧。怎、怎麼樣。不介意的話，艾美拉達小姐和貝爾小姐也請一起來。」

「這樣啊……」

萊拉拚命以激動的語氣說道，惠美含糊地回答，看不出來到底有沒有在聽。

「艾謝爾先生和路西菲爾雖然也沒其他計畫，但他們好像不願意來……那個，關於至今那些不確定或不誠實的事情，我也會好好說明，此外我還有東西想交給妳……」

蘆屋後天沒有安排計畫嗎？

惠美從萊拉的話裡揀選出來的情報，明顯與主題不符。
揚言喜歡蘆屋的好友，將在理解一切的情況下一決勝負的日子的隔天。
蘆屋會留在公寓裡，而且沒有特別安排什麼計畫。
梨香的感情。
千穗的感情。
自己的感情。
好像看得見，但其實完全看不見的人心。
即使對她們來說都是足以改變人生的巨大波折，但對世界幾乎不會造成影響，差點在從古至今持續傳承下來的感情波濤中迷失自我的惠美——
「隨妳高興吧。我沒什麼興趣。」
回過神時，已經這樣回答。
「咦……」
「艾米莉亞，這樣沒關係嗎？」
惠美的回答，讓萊拉像是大受打擊般啞口無言，鈴乃也忍不住重新向她確認。
「去了又不能怎麼樣，妳想要我做的事情也不會改變吧。」
「可、可是我想向妳展現我的誠意。雖然我至今一直在你們周圍任性妄為又出沒不定，但為了向你們證明我不會再這麼做……」

「只要妳有這個覺悟就好了。如果魔王和千穗這樣就能認同，那也沒什麼不好。可是我就算看過妳住的地方，也不會有什麼好處。」

「或、或許是這樣沒錯……」

「魔王的生活是這副德性，沙利葉和加百列過的生活感覺也和一般日本人沒什麼太大的不同。妳一定也差不多吧。那麼我並不想特地跑去見識。不好意思，天氣這麼冷還讓妳等我，但我不會去。就這樣，晚安。」

「艾、艾米莉亞！」

「萊拉，對不起。」

鈴乃一發現惠美意志堅決，就擋到萊拉面前，讓惠美進房。

等萊拉大受打擊的臉消失在關上的玄關大門的另一邊後，鈴乃跪到正在她的棉被角落熟睡的阿拉斯．拉瑪斯身邊，輕聲對摸著女兒頭髮的惠美說道：

「艾米莉亞……妳還好吧？」

「剛剛那個，就是貝爾在電話裡提到的重要的事嗎？」

「嗯、嗯。那個，因為魔王說他不想比艾米莉亞先去萊拉的家，所以才叫萊拉親自來邀請艾米莉亞……」

鈴乃詳細地轉達真奧的意圖。

「是嗎？那對魔王有點不好意思呢。難得他為了我這麼費心。」

「嗯、嗯？」

惠美並不是對萊拉，而是對真奧感到不好意思，鈴乃雖然覺得不對勁，但還是發現繼續提萊拉的話題並非上策，於是稍微抬高音量改變話題。

「然、然後啊。魔王不是被趕到外面去了嗎？我本來是打算整個晚上都不讓他回來，但艾謝爾一直要我讓步到等艾米莉亞回來就好，所以我才無奈地接受了。其實我今天傍晚在街上遇見了千穗小姐……」

「魔王不可能珍惜我勝過珍惜千穗喔。」

「那個臭魔王，居然仗著千穗小姐的好意，害千穗小姐……什麼？」

「魔王並沒有特別珍惜我。」

「艾、艾米莉亞？」

鈴乃目瞪口呆地問道。

「魔王說了什麼嗎？還是妳在哪裡遇見了千穗小姐……？」

「兩邊都不是。」

惠美以平靜的表情，持續摸著阿拉斯·拉瑪斯的頭髮。

「其實魔王他啊，對誰都很溫柔。甚至還將想取他性命的我，當成夥伴看待。只是最近我一下被捲入麻煩，一下又換了環境，他才比較關心我而已。我對魔王來說，並沒有因此變得『特別』。」

「艾米莉亞……發生什麼事了嗎？」

「證據就是，魔王對萊拉也很溫柔吧？他嘴巴上一直抱怨萊拉，但依然耐心地等待萊拉找到適合的作法。還為了讓我跟萊拉和好，特地想出那麼麻煩的締約條件。」

被撫摸的阿拉斯．拉瑪斯稍微翻了個身，離開惠美的手，惠美的手就這麼停在空中。

「吶，貝爾。能讓魔王發自內心珍惜……想要對等地來往的人，就只有千穗而已，妳覺得該怎麼做，才能讓千穗理解到這點呢？」

「這、這個……」

鈴乃頓時語塞。

「果然必須要魔王自己行動才行嗎？」

「那、那個，針對這件事，我和艾謝爾今天已經一起對魔王說教過……」

「說得也是。仔細想想，魔王看起來好像很珍惜千穗，但其實被珍惜的一直都是他呢。」

「嗯、嗯，所以……」

「果然會想被別人珍惜呢。」

「咦？」

「……今天不行。因為剛談完很多複雜的話題，所以會想些奇怪的事情。」

惠美放下停在空中的手，嘆了口氣。

「吶，貝爾。雖然我不該講這種話，但我無論如何都想找人傾訴。這也是為了整理我自己的心情，我希望妳聽完後能夠幫我保密。」

「喔、喔。」

鈴乃站著低聲回應。

「剛才萊拉邀我去她家時，妳知道我第一個想到的事情是什麼嗎？」

鈴乃無法回答。

因為不管怎麼想像，感覺都不是正確答案。

而惠美接下來說出的話，的確超出了鈴乃的想像。

「魔王，明明沒去過我這個宿敵……勇者艾米莉亞的家。然而卻要去萊拉家，不覺得是在開玩笑嗎？」

「艾米莉亞……妳該不會。」

「……吶，這樣妳就知道我現在有多麼混亂了吧。」

惠美抬起憔悴的臉仰望鈴乃。

「我不懂。雖然我試著認真想了許多可能，不過我既沒有在隱瞞什麼，也沒有在敷衍什麼，這明顯與那些不同。即使如此，我剛才還是這麼想了。那傢伙明明沒來過我家。這樣我實在沒辦法陪妳商量。現在的我，光是和千穗見面就會刺激到她。所以我後天不會去。要是在這種軟弱的狀態下去那種地方，感覺我會為了逃避千穗和魔王，就這樣一點一點地把萊拉的話給聽完……我果然很奇怪吧。」

「……妳一點都不怪。」

鈴乃跪到惠美面前，溫柔地抱緊她的肩膀。

「艾米莉亞也好，我也好，我們周圍環境的變化實在太大了，而且一切都是發生在我們來到這個國家後的短暫時間內。需要一點時間來適應。」

「貝爾……？」

「需要一點時間來適應。」

鈴乃在惠美耳邊輕聲重複道。

「千穗小姐，在想到艾米莉亞後哭了。她氣自己因為一些小事就感到嫉妒，變得無法壓抑自己的感情，還一直哭著為自己嫉妒的事情道歉。我們都忘了千穗小姐周圍的環境，也在短暫的期間內產生了劇烈的變化。千穗小姐表現得就是如此堅強。」

而讓千穗能維持堅強的，是某種惠美和鈴乃都難以捉摸的東西。

是心中的某種確信，在支撐著千穗。

千穗靠著那個確信，和擁有壓倒性力量的異世界居民們一同生活。

她拚命地想讓大家分享彼此的想法，珍惜彼此無法共有的部分，努力不讓自己成為累贅，並希望能持續和惠美、蘆屋、漆原與鈴乃作朋友，這就是她全部的想法。

這一切的基礎，就是她對真奧的感情這項確信。

「大家都還沒適應這些變化。在真正的意義上，千穗小姐和我們之間依然橫跨著一道世界與力量的牆壁，只有千穗小姐看得見那面牆。而能夠移開那個的……」

「只有魔王……嗎？真是的……開什麼玩笑。」

「等那面牆被移開後，千穗小姐和我們一定能站在相同的平面上。而如果在那個瞬間，只有千穗小姐對自己的感情抱持『確信』。」

鈴乃將臉從惠美面前偏開。

「我會祝福千穗小姐。」

「那如果在那個平面上，還有其他的『確信』呢？」

「到時候……」

鈴乃微笑地說道：

「我們一定能成為沒有任何隔閡的真正朋友。」

萊拉靠著鈴乃房間的牆壁，坐在公共走廊上。

「艾米莉亞……」

她呻吟般的低喃，就在這個瞬間，公共走廊的門開了。

「不行嗎？」

諾爾德．尤斯提納擔心地對萊拉問道。

「雖然我心裡清楚不可以太著急。」

萊拉低著頭嘆氣。

「但我活到現在，究竟都在幹什麼呢。明明活了好幾千年，卻連一個和女兒和好的方法都不知道。」

「如果真的有人知道能讓父母輕鬆與子女溝通的方法。」

諾爾德跪到萊拉身邊，牽著她的手拉她站起來。

「那個人一定會在人類的歷史上留名吧。」

諾爾德嚴峻的臉上浮現微笑，一個女兒的父親，笑著鼓勵妻子。

「之後一定還有機會。因為你們都還活著，並成功在這個和平的世界重逢了。」

「……嗯。」

萊拉點頭，在諾爾德的牽引下離開二樓的走廊。

「人生真的不曉得會發生什麼事情。我從來沒想過到了這個年紀，還會和魔王住在同一間公寓裡。一想到這裡，就覺得各執己見的母女有一天會和好，是件更理所當然的事情。」

「那個時候，你也要在一起喔。因為我們三個人是一家人啊。」

「嗯。沒錯……好了，進房間吧。外面很冷。」

「吶，親愛的。」

「嗯？」

夫妻兩人在公共樓梯的中間面對面談話。

「我現在真的很焦急。感覺這真的是我最後的機會。要是錯過這個機會，我沒自信能再流浪好幾百年。」

「要是妳和艾米莉亞能維持年輕貌美的樣子繼續活下去，那我是覺得無所謂。」

「我才不要。雖然這並不表示我已經活膩了，但我想成為『人類』。也希望艾米莉亞維持『人類』的身分。我想和存在於這個世界，這個宇宙的數不盡的普通家庭一樣，珍惜著每一天生活，然後死去。除了和你跟艾米莉亞一起生活以外，我無法想像其他的人生。」

「……那現在正是必須忍耐的時候。」

丈夫牽著妻子的手，小心地走下樓梯。

「要是我也能幫得上忙就好了……就只有這種時候，我好恨自己只是個普通的人類。至少要是我有能保護你們的力量。」

「是你讓我成為『人類』的。這對我來說，就已經是非常足夠的禮物了。」

妻子輕輕親了一下丈夫的臉頰，微笑地說道。

「謝謝你，親愛的。這樣我明天就能不屈不撓地繼續努力了。」

「喔。」

「還有……」

「嗯？」

「那個……你不要，對我的家太吃驚喔？」

「嗯？怎麼了？難不成妳住在非常誇張的豪宅裡？」

「不對，不是因為這方面的原因……總之，我會努力讓你們能在後天來拜訪。」

「雖然搞不太懂，但我很期待喔。」

夫妻短暫的對話，消失在一〇一號室內，沒多久公寓的燈光便全部熄滅，等笹塚的夜晚完全陷入靜寂，已經是凌晨兩點的事情了。

高中女生，尋找內心的方向

宣告午休的鐘聲響起，在充滿解放感的教室中，只有一個人將自己困在座位上動也不動。

等鐘聲的餘韻一消失，那個人就像縮時攝影般緩緩趴到桌上，停止動作。

「喂，義彌。」

「啊？」

「你有沒有聽說什麼？」

笹幡北高中二年A班的東海林佳織，在同時是青梅竹馬、同班同學與社團夥伴的江村義彌的座位，悄聲向他問道。

「什麼，佐佐木的事嗎？」

義彌敏感地察覺佳織想說的事情，搖頭回答。兩人的同班同學、社團夥伴、上高中後認識的好友——佐佐木千穗從早上開始，就一直看起來沒什麼精神。

即使在上課時被點到也心不在焉。下課時間不是像那樣趴在桌上，就是不曉得閒晃到哪兒去，擔心的佳織在第三節課下課時問她發生了什麼事，但千穗以明顯是在勉強自己的笑容——

「不好意思，讓妳擔心了。我只是把皮包、手機、記事本、文具和兩本筆記忘在家裡而已，所以沒事啦。」

丟出這個只要認識平常的千穗，就知道她絕對不可能沒事的藉口。

如果只有筆記本和文具也就算了，感覺其他都是如果忘了帶，會讓人擔心是不是弄丟了的類型。

「妳都沒聽說了，我怎麼可能知道啊。」

「說得也是。不過她好像也沒打算吃飯……」

「如果是因為她忘了帶錢包，只要我或妳借她錢就好，不過佐佐木平常都是吃便當吧？」

「她也不是每天都吃便當。」

儘管交情良好，但除了社團活動時以外，義彌很少在校內和佳織與千穗一起行動。

像這種時候，女孩子有女孩子的團體，男孩子有男孩子的團體。

千穗平常都是和佳織一起吃午餐，雖然她們偶爾也會和班上其他交情好的同學一起去學生餐廳吃飯，但千穗通常十次有七次是吃便當，只有三次是去學生餐廳。

「便當……便當啊……？」

「什麼啦。」

「嗯～跟你沒關係。」

「喂，什麼叫做沒關係啊。」

明明是佳織主動搭話，卻又立刻將人晾在一邊，這讓義彌感到掃興。

「我好歹也是社長。看見社員沮喪，應該要關心一下吧。」

笹幡北高中的弓道社二年級社員，就只有千穗、佳織和義彌三人，在三年級生引退後，江村義彌跌破全校學生的眼鏡，當上了社長。

千穗既可靠又有人望，佳織則是個性隨和又擅長照顧學弟妹，就在大家都以為她們其中一個會當上下任社長時，義彌卻出乎意料地當選了。

理由單純是義彌將國中時的後輩拉進了社團，讓笹幡北高中弓道社弱小歸弱小，還是湊齊了男女混合五人賽的必要人數。

考慮到一年級有四個男生，剩下那個女生又是義彌的學妹，因此佳織提議：

『那就讓擁有最大派系的義彌當社長好了。我們兩個會一起以副社長的身分支援你。』

千穗也表示贊成，這是今年夏天發生的事情。

雖然在夏天的東京都大賽中，無論團體賽還是個人賽，千穗他們都在八強賽中落敗，但在團體賽中，千穗擔任大前（一號選手——先鋒），佳織擔任落（五號選手——主將），並持續獲勝到這個階段，所以他們確實度過了一段充實的社團活動。

然後，佳織剛才想到千穗的便當開始發生變化，正好就是在那個夏天的時候。

即使是從佳織的角度來看，千穗的便當也明顯變得豪華。

以夏天的大賽為分界，千穗的便當盒整個大了一輪，而且內容明顯不是冷凍食品，大多是需要費工的菜色。

「嗯。」

「東海？」

「呃～我心裡也不是完全沒底，在社團活動前，我會想辦法讓她打起精神。」

「是嗎？那就拜託妳了！」

只要佳織說她會處理，義彌基本上就會放手交給她辦。

後輩們也開始發現將事情交給千穗或佳織處理會比較順利，但即使不看這點，義彌講難聽點是什麼也沒想，講好聽點是不管做什麼都很積極的身影，也確實為周圍帶來了好的影響。

和初春煩惱出路時相比，義彌現在就像是找回了自己般，重新恢復原本的開朗。

儘管是受到千穗認真的個性和積極的行動力影響，但對佳織來說，義彌不這樣反而比較難搞。

同時，變得像貝殼一樣閉上嘴巴什麼都不講的千穗，更是比之前的義彌還要棘手。

如果不趕快讓她把殼裡的東西吐出來好好振作，大家一定會擔心。

「佐佐～妳今天身體不舒服嗎？我看妳好像都沒吃飯。」

佳織坐到千穗前面的空位，對趴在桌上的千穗搭話。

然後——

「……不，我肚子很餓。」

千穗回了一個比想像中還要有精神並現實的答案。

「這樣啊。反正現在去學生餐廳也沒有位子，不如就在這裡吃吧？雖然妳說妳忘了帶錢包，但應該不至於連便當都忘了吧。」

「我忘了帶。」

「喂！」

佳織忍不住笑了出來。

「那就讓義彌出錢，我們去學生餐廳吃咖哩飯或烏龍麵吧。這兩樣東西就算現在去，應該也還來得及。」

笹幡北高中的學生餐廳和大部分的學校一樣，午餐的競爭非常激烈，不過在學校的安排下，只有咖哩飯和烏龍麵的庫存特別多，即使是在一開始的混亂平息後，通常還是會有剩。價格也都是兩百圓。被設定成能用一般高中生的零用錢輕鬆買到的合理價格。

「…………」

千穗沒有抬頭，稍微猶豫了一下。

「我今天唯獨不想吃這兩樣東西。對不起。」

「咖哩飯和烏龍麵？」

「嗯。」

「咖哩飯和烏龍麵是哪裡惹到妳了？」

「……我給她們添了麻煩。」

「對咖哩飯和烏龍麵？」

「嗯。」

「其實佐佐的真面目是純蕎麥麵的妖精，所以不承認咖哩飯和烏龍麵這些邪魔歪道？」

「我是烏龍麵派。」

「居然給自己派系的首領添麻煩了！」

兩人就這樣持續著不曉得算不算成立的對話，過不久佳織輕輕嘆了口氣，調整一下坐姿環視周圍。

義彌不知道什麼時候和其他男生去學生餐廳了，所以看不見他的身影，留在教室的便當團體，也都在專心與同伴聊天。

即使如此，佳織依然一面警戒周圍，一面以只有千穗聽得見的音量小聲問道：

「妳被甩了？」

「才、才不是！」

「唔喔！」

「好痛！噗！」

千穗迅速抬起頭，她的後腦因此用力撞上在她耳邊說話的佳織的臉，直接反彈回桌上。而她頭往下時又大力撞到了鼻子。

佳織也因為這意外的一擊而往後仰，差點摔下椅子。

然後——

「總覺得有點抱歉。」

「我才該說對不起。」

佳織和千穗兩人感情融洽地一起來到保健室。

花樣年華的高中女生因為在教室內用力撞上彼此而流鼻血，實在是太丟人了。

在接受保健老師的緊急處置並休息了一段時間後，鼻血停止的兩人離開保健室，走在因為是白天，所以反而顯得陰暗的走廊上。

「然後呢？」

「……非講不可嗎？」

「如果妳不講，我們就去吃咖哩飯或烏龍麵。」

「啊嗚……」

「怎麼了？難道咖哩飯和烏龍麵不是什麼比喻，妳是真的討厭這兩樣東西嗎？」

佳織困擾地笑道。

「可以算是比喻，也可以不算，與其說是討厭，不如說是不太方便見面。」

「唉，總之我們出去外面吧。」

千穗拉著千穗走到校園。

幾個不曉得哪個班級的男孩子，正穿著制服在外面踢足球，在這種寒冷的天氣下穿著襯衫揮灑汗水。

他們人數很多，制服的褲子下襬也被悽慘地磨得破破爛爛，應該是經常這麼做吧。

佳織和千穗靠到校舍角落的牆壁上，尋找對話的契機。

「既然妳乖乖跟我來到這裡，就表示願意告訴我吧？」

「如果不這樣，感覺妳一定不肯罷休。」

要在午休時間的校舍內找到沒有人的地方意外地困難。

通往頂樓的樓梯平臺經常被認為沒有人，但那裡不僅能避開教職員的視線休息，還能當成玩撲克牌等遊戲的場所，因此競爭率意外地高，工科教室、理科教室和音樂教室等特別教室，也總是聚集了將那裡當成根據地的社團或同好會的學生。

這麼一來，在這個季節乾脆直接到外面去，還比較容易找到沒人的地方。

「唉……該從什麼地方開始說起好呢……」

「那麼？對象是誰？之前那個打工處的前輩？」

「小佳？我什麼都還沒說……！」

千穗明明正在煩惱該從哪裡說起，佳織卻一開始就直接切入核心，讓千穗嚇得跳了起來。

在領悟到無論說什麼都無法蒙混過去的同時，千穗在著地後順勢抱著雙腿蹲了下來。

佳織和義彌都去過千穗打工的麥丹勞幡之谷站前店很多次，千穗也和他們提過「打工那裡的前輩」的事情。

不過，千穗很少被佳織看到自己工作時的樣子，所以沒想到會被對方這麼確實地說中。

「佐佐在這方面還真是好懂呢。就我目前所知的資訊來推測，妳看起來像是在吃咖哩飯或烏龍麵的時候告白失敗了。」

「那是什麼狀況啊？」

千穗原本打算開口抱怨，但考慮到至今的經過，意外地並非不可能發生這樣的事。

「話先說在前頭，我沒有被任何人甩喔。」

「那到底是怎樣？」

「……這是，那個……」

千穗慎重地挑選詞彙。

「這和被甩無關……只是我太性急了。」

「性急？」

「嗯……那個，什麼也沒發生……但在什麼也沒發生的期間發生太多事情，所以感覺變得曖昧不明。」

「妳的『什麼』也太多了。話說『什麼也沒發生』和『太性急了』，聽起來有點像是佐佐明明已經和那位前輩在交往，對方卻一直沒對妳出手，所以讓妳感到不滿似的。」

「才、才沒有！我們才沒有在交往！」

千穗慌張地否定。

「沒有嗎？那個人叫什麼名字。我記得他的名字還滿特別的。」

「真奧哥。」

「真奧。是叫這個名字嗎？我只跟他見過一兩次面，不記得他的名字。」

佳織聳肩。

「然後呢？明明沒在交往，為什麼要說『什麼也沒發生』？該不會這和佐佐的便當從夏天開始就變得豪華有關吧？」

「妳發現了嗎？」

千穗驚訝地問道。

「因為佐佐的便當明顯比其他人豪華啊。量也很多。」

「……嗯，其實我有一陣子還因此變胖了一點。」

「這樣啊，真是聽到了件好事。」

一旦下定決心放下內心的重擔，就連佳織的玩笑話聽起來都非常順耳。

千穗帶食物去Villa・Rosa笹塚二〇一號室，最早的契機是鈴乃搬到真奧的房間隔壁，並開始經常出入魔王城。

再加上千穗誤以為鈴乃對真奧抱持好感，徹底燃起了她的競爭意識。

不過即使是從自己這個高中女生的角度來看，鈴乃的手藝也明顯超出家庭料理的範疇，光靠普通的練習根本無法超越她，因此千穗有生以來第一次努力學習料理。

其實母親早就看穿千穗的意圖，並向父親報告。

父親雖然露出複雜的表情，但母親基於「這樣我就能省下每天想便當菜色的工夫了」的理由，教了千穗許多東西。

千穗就這樣展開了送食物到魔王城的作戰，不過千穗親手製作的料理，只有不到三成被送到魔王城的餐桌上。

為了不輸給鈴乃，千穗在一開始做了許多嘗試，但在工夫還不到家的情況下挑戰複雜的料

理，也讓她失敗了非常多次。

千穗的「告白」，是在值得紀念的第一次替真奧送慰勞品那天進行。

雖然感覺好像已經是很久以前的事情，但其實距離現在還不到半年。

就只有在那個瞬間，無論是悶熱的氣息還是蟬鳴都從千穗的感覺中消失。

既不是一時衝動也不是順應情勢，千穗是抱持著確信告白。

她認為只有那個時間點適合。

當時的千穗和剛開始在意真奧時的她不同，已經知道關於他的許多事情。即使知道，她的心意依然沒有改變。

所以她才對第一次發自內心喜歡上的「人」表白自己的心意。

「喔喔！真刺激！」

「……別戲弄我啦。我可是害羞得要死。」

佳織誇張地表現出驚訝的樣子。

千穗概略地向佳織說明至今發生的事情，儘管隱瞞了所有和安特．伊蘇拉有關的部分，但其餘她都據實以告。拜此之賜，即使天氣這麼冷，她的臉依然紅到耳根。

「哎呀～念國中的時候，我本來以為只要升上高中，大家都會忙著交男女朋友。不過包含我在內，周圍的人不是意外地沒什麼這方面的跡象嗎？唉，雖然不是完全沒有。但這是我第一次聽到有熟識的人向別人告白呢。」

「嗚嗚……」

「佐佐真可愛。然後呢？對方怎麼回答？」

當然，只要知道有人告白，任誰都會在意結果如何。

不過千穗表情陰暗地回答：

「這個……就是讓我性急的理由之一……其實對方還沒回答我。」

「什麼？」

佳織這次的反應，看來是真的感到驚訝。

「妳說還沒回答，可是妳不是在暑假時告白的嗎？咦？現在已經是十二月了耶！」

「嗯。」

「咦，在那之後，你們不是依然正常地在一起打工嗎？」

其實除了打工以外，他們還一起經歷了許多事，但千穗略過這些不提——

「……嗯。」

直接點頭肯定。

「雖然我也有跟他說不用急著回答。」

「喔……可是，嗯～就算是這樣……唉，算了。那麼，既然這是其中一個理由。就表示還

有其他理由吧？」

「嗯。那是……」

如果要詳細地說明後續的狀況，就不得不提到阿拉斯．拉瑪斯的話題。

千穗概略地開始說明，同時更加慎重地避免提到和安特．伊蘇拉有關的詞彙。

真奧有個浪蕩的親戚將年幼的孩子托給他照顧。身為高中生的千穗，在立場上沒辦法積極地到單身男性的家裡幫忙照顧小孩。

「說得也是。要是做了這種事情被老師發現，可不是輔導就能解決。」

「嗯。我打工那裡的店長也訓斥過我。必須考慮自己在他人眼裡可能會是什麼樣子。」

即使如此，由於真奧也這麼希望，因此千穗還是下定決心要在可能的範圍內幫忙。

不過關於照顧那個親戚小孩的事情，後來託付給了另一位女性。

「意思就是對手登場了？」

「小佳，為什麼妳看起來好像有點開心？」

「我有什麼辦法。面對這種發展，除了興奮以外還能怎麼辦。」

「或許是這樣沒錯……可是對方並沒有這個意思。」

這位名叫遊佐惠美的女性和真奧認識很久，是個獨立的成熟女性，所以就算經常去真奧家幫忙也不會有問題。

雖然本人究竟想不想去真奧家還有很大的爭論空間，但就結果而言，那位親戚的小孩依然大幅縮短了惠美和真奧在物理方面的距離。

而且當初詳細告訴千穗許多關於真奧的事情的人，正是那位遊佐惠美。

「她是個非常厲害、漂亮又可靠的大姊姊。是我重要的朋友。」

「……雖然我知道佐佐是真心這麼想，但光是聽到這裡，就讓人覺得妳似乎陷入了泥沼般的狀況。」

儘管彼此都認識對方很久，但惠美和真奧之間的關係非常惡劣。要不是為了那個親戚的孩子，兩人甚至無法正常對話。

「為什麼那樣的人會想幫忙照顧那個親戚的小孩啊？」

「說來話長，中間發生了很多事情。其中一個原因就是那孩子非常親近遊佐小姐。」

「喔～」

雖然兩人關係險惡，但與兩人分別建立良好交情的千穗，一直都希望他們能夠融洽相處。

就在這時候，惠美因為被捲入某個麻煩而失業了。

不過靠著天生的行動力與才能，惠美馬上就找到了下一個職場。

「咦，那該不會是？」

「嗯，就是我和真奧哥工作的那間麥丹勞。」

「唔哇～好慘烈，這狀況好慘烈！」

「這樣講也不太對。因為雖然我的確有告白，但我們並沒有在交往，而且我和遊佐小姐感情很好，我真的很高興她能來我們店裡。正好店裡最近也人手不足，我也拜託過真奧哥去邀遊佐小姐。」

「為什麼要做這種事？」

「只要讓他們做相同的工作，或許能讓他們的感情變好一點。」

「這孩子居然自己打造慘烈的戰場……」

「我就說一點都不慘烈了！我又沒有和真奧哥或遊佐小姐吵架。」

「不然是怎樣？既然妳這麼堅持，就表示現在所有事情都照佐佐的意思發展了吧？順利與朋友和喜歡的人一起工作，另外雖然拖得有點久，但如果妳不急著要對方回答，那真奧先生保留回覆應該也在妳的計畫之內吧。」

「嗯……是這樣沒錯啦。」

千穗低下頭。

「前陣子有個打工前輩辭職了。理由是為了開始找正式的工作，當時我突然想到一件事。在我們班上，不是也有開始在為考試準備的人嗎？」

「是啊。感覺去補習班的人也增加了。」

「在那位前輩離開後，日常的光景也稍微起了變化。像是排班表的欄位少了一個，或是固定在一週的某天負責的地方改變了，注意到這些變化時，我真的好驚訝。感覺好像發現自己無法永遠維持現狀。」

「維持現狀，是什麼意思？」

佳織困惑地問道，千穗緩緩講出自己今天一直在思考的事情。

「高中二年級，是個能在父母的庇護下自由生活，又沒有像考試那樣會左右人生的大事件的時期，只要來學校，就能與小佳、江村同學跟大家一起上課、吃飯和參加社團活動，只要去打工，就能見到真奧哥、遊佐小姐和木崎小姐，真奧哥的公寓那裡住著鈴乃小姐，以及真奧哥的朋友蘆屋先生和漆原先生……我發現這些自己一直以為是理所當然的環境，其實只是一個短暫的階段。我實際感受到這樣的事實……然後……」

「嗯。」

「我一想到自己未來或許也會像孝太哥一樣從某人的面前消失，就突然變得非常在意那些以前完全沒在意過的事情。」

「孝太是那位辭職的前輩嗎？」

「沒錯。呃，我記得全名是中山……中山孝太郎的樣子。因為平常都是用綽號稱呼彼此，所以一時想不起本名。」

「啊，我好像能夠理解。」

「然後啊，在那之後，我腦袋裡就真的一直在想些無聊的事情。」

以綽號稱呼彼此，這在麥丹勞幡之谷站前店的員工之間是件理所當然的事情。

這並非強制規定，有人使用別的綽號，也有人正常地以姓名稱呼，每個人的狀況都不盡相同，以千穗為例，除了惠美以外的所有員工都是叫她「小千」。

「真奧哥只有對我會以綽號稱呼。他叫遊佐小姐惠美，叫鄰居鈴乃。只有我是小千。」

「嗯。」

以綽號稱呼對方，並不一定是輕視的表現，雖然真奧在和千穗建立深厚的關係前，就是這樣叫她，但佳織姑且先默默地點頭回應。

「真奧哥現在也堅稱自己和遊佐小姐感情不好，不過他從以前開始就一直對遊佐小姐很溫柔。為了不傷害到遊佐小姐的自尊，他還刻意裝出粗魯的樣子。」

「嗯嗯。」

「聚集在真奧哥公寓中的人，就只有我是住在自己家裡的學生，明年還必須參加考試。和大家見面的機會無論如何都會減少……而且……」

「而且？」

「……最近來了一位真奧哥和遊佐小姐都認識的人……想請他們去做一件很大的工作。」

那件大工作，當然就是萊拉所希望的拯救安特．伊蘇拉的人類，但總不能連這件事都說出來。

「啊，嗯嗯。」

「至今我一直以為我的日常就是和大家在一起，並認為這樣的狀態會永遠持續下去，不過完全不是這樣，不只如此，在發現原本以為是日常的生活其實只有非常短暫的期間時，我開始變得焦急。」

「嗯，嗯。」

佳織一面點頭，一面蹲到千穗旁邊輕撫她的背。

「或許真奧哥他們會去別的地方也不一定。不過我無法離開這裡。真奧哥他們的歸宿原本就跟我不同。所以……我突然變得想要答案了。」

「嗯。」

「我明明真的希望真奧哥能和遊佐小姐好好相處，但只要一看見真奧哥照顧遊佐小姐，我就會覺得難受。無論我再怎麼努力，明年都無法再像現在這樣跟真奧哥在一起。或許準備考試只需要一年的時間，就和現在的日常一樣短暫。可是，如果真奧哥他們決定接受這份工作……我實在不曉得未來會變得怎麼樣。或許會好幾年都見不到他們也不一定。所以，我好羨慕能以自己的意志和他在一起的人。」

「嗯。」

「可是……我最喜歡遊佐小姐了。然而我卻因為這種無聊又無可奈何的事情嫉妒她，我到底在做什麼，明明全部都是自己期望的事情，但無論再怎麼努力……」

「嗯。」

佳織抱住千穗的肩膀。

基於禮貌，她沒看千穗的臉。

「對真奧哥來說，我到底是什麼？」

這是經常存在於千穗內心的某處，宛如荊棘般的小小不安。

「我總是被他保護，或是扯他的後腿，說不定其實我給他添了非常多的麻煩，只是因為他很溫柔才沒表現出來，我一直往壞的方面想，內心亂成一團。」

雖然千穗曾向真奧告白，但那與一般說的「請和我交往」不同。

她只是純粹以一個人的身分，傳達自己喜歡的心情而已。

所以即使想要答案，千穗就連自己期望什麼樣的回答都不知道。

「坦白講雖然我聽不太懂……但佐佐真的很喜歡那些人呢。我才覺得有點嫉妒呢。」

「啊，對、對不起。不是那樣的。」

「我知道啦。別人是別人，我們是我們。我也知道很多真奧先生他們不知道的佐佐。總而言之，佐佐雖然無法原諒嫉妒的自己，但就算無法原諒也沒辦法整理自己的心情，結果一切就都爆發出來了吧。」

「嗯……」

「妳的臉變得好誇張喔。有帶手帕嗎？」

「……沒有。」

「來，面紙給妳。」

「謝謝……」

不知不覺間，千穗再度落淚，甚至流了鼻水。

「……而且，我還將這些事都告訴鈴乃小姐了。」

「唔哇，那真是不妙。鈴乃小姐是真奧先生的鄰居吧？」

「嗯。我在路上遇見她，當時也像現在這樣無法控制自己，等回過神後，就已經在細鉋花咖啡廳接受她的安慰了。現在回想起來，鈴乃小姐一定非常困擾，但她還是聽到了最後。」

不過，即使鈴乃能理解千穗的煩惱，她還是沒給千穗答案。

雖然鈴乃不斷生氣地罵真奧不貼心，或是過度依賴千穗，但關於將來必須與真奧等人分道揚鑣的不安，她應該也無從安慰。

「原來如此。不僅無法從心上人那裡獲得答案，嫉妒重要的朋友，還盡情地對照顧自己的

人發牢騷啊。這樣就算討厭起自己也無可奈何。」

「……然後，就變得像今天這樣了。」

「好了，我大概知道是怎麼回事了。除了咖哩飯和烏龍麵的事情以外。」

佳織頻頻點頭，然後開口問道：

「怎麼辦？我是不是該說些自己的想法比較好？」

「……如果有的話，就拜託妳了。」

站在千穗的立場，繼鈴乃之後，又丟臉地依賴佳織，她已經完全搞不懂自己了。

「嗯。那我就直說了，我覺得佐佐應該再多任性一點。」

「什麼意思？」

「就是字面上的意思。像是去揪住真奧先生的胸口，叫他回應妳的告白！或是直接說看他對遊佐小姐溫柔不順眼如何？」

然而佳織提出的答案實在過於刺激，讓千穗大吃一驚。

「咦、咦咦？我怎麼可能做得到這種事！」

「為什麼？」

「為什麼啊，因為……」

為什麼呢？為什麼做不到？不可以這麼做？為什麼？

「妳沒做過這種事吧？」

「是、是沒有啦。」

「我的意思不是要妳勉強去和遊佐小姐起爭執，既然你們的交情這麼好，就應該坦白跟她說清楚自己的感情。至於想交往的事情，妳只要說雖然明年一整年會是那樣的狀況，但還是想盡可能和對方在一起就好。我覺得這是唯一的解決方法。」

「是……這樣嗎？」

「這是我聽完剛才的話後，最直率的感想。還有啊，雖然我不知道遊佐小姐對妳來說是多重要的朋友，但看見喜歡的人對其他女生溫柔，會感到不悅是理所當然的。這很正常啦。而且遊佐小姐本人又不知道妳嫉妒的事情，妳卻還這麼消沉，坦白講讓人覺得很煩。」

「啊嗚……」

佳織的回答不僅刺激，還毫不留情。

她瞄準千穗自己也隱約懷疑或許是那樣的部分全力攻擊，將千穗擊沉。

「妳這樣做，看起來也像是只想自己當好孩子。就算嫉妒，朋友依然是朋友。這樣不就好了。如果這樣就感情變差，就表示你們的關係也只有這種程度。」

鈴乃並未提出這種意見。雖然是毫不留情的意見，但千穗完全無法回嘴。

以同年代的意見來說，這是非常有說服力的意見。

「只要先盡全力努力過一次，下次就不會再害怕失敗了吧。何況既然那個叫鈴乃的人那麼為妳抱不平，那沒理由不找她幫忙吧。拖了四個月沒回答，果然還是太久了。」

「嗯、嗯……」

「不過，我是因為這些跟我無關，才能說得這麼輕鬆。最後下決定的人還是佐佐。」

「……嗯，謝謝妳。對不起，感覺講得亂糟糟的。」

「要是講得太井井有條，我也很困擾。因為我沒有戀愛方面的經驗，要是妳找我商量現在交往的男生劈腿的事情，我一定馬上就會逃跑。而且雖然我不會催妳，但等事情告一段落後，別忘了跟我報告喔。」

「嗯、嗯……」

看見佳織如此認真，千穗在心裡做好至少必須再於佳織面前丟臉一次的覺悟。

「再來是……」

接著佳織整理了一下裙襬，起身看向校舍的方向。

千穗跟著望過去後，便看見裝在校舍上的時鐘。

「啊！」

千穗這才發現佳織看向那裡的理由。時鐘的指針無情地指向距離午休時間結束只剩五分鐘的位置。

「關於害我沒吃到午餐的事情，我們就之後再討論吧。」

「呃，那個，等下次我有帶錢包的時候。」

等傾吐完心事，肚子突然餓起來時，已經太晚了。

千穗在之後的五、六節課，只能拚命忍耐飢餓。

「唉……肚子好餓……」

千穗一回家，就倒在自己房間的床上。

儘管在第六節課和社團活動之間的短暫時間，向佳織借錢去學校附近的便利商店買了麵包，但對平常食量就不小的千穗來說，一個鹹麵包根本就不夠。

結果參加社團活動時，也因為被佳織激勵，而陷入和之前不同性質的混亂，不僅射箭姿勢偏掉、箭矢折斷，還被學弟妹們聽見自己肚子叫的聲音，真是糟透了。

雖然學弟妹們都在擔心平常個性溫柔又態度堅決、射箭姿勢標準的千穗是不是身體不舒服，但她總不能說自己是為了戀愛煩惱，連午餐都沒吃到。

最後還是佳織幫忙安撫擔心的義彌和學弟妹們。再加上之前借千穗午餐錢的人情，看來千穗短期內在佳織面前是抬不起頭了。

「啊，對了。手機。」

插著充電線被留在家裡的手機，顯示收到了來電和簡訊。

「咦？媽媽？」

母親里穗在快放學的時間，打了好幾通電話給千穗。

從回家時沒看見母親來看，大概是傍晚有什麼不能在家裡處理的事情吧。

按下回撥後，電話只響了一聲——

『真是的，千穗，我打了好幾通電話，為什麼妳都沒接。』

便傳來母親響亮的聲音。

「對不起，我把手機忘在家裡，今天沒帶出去。」

『原來是這樣啊。那妳現在已經在家裡了？』

「嗯。」

『這樣啊。其實我學生時代的朋友住院了，我找了住在附近的朋友們一起去探病。』

「原來如此。住院啊，很嚴重嗎？」

『那傢伙很可憐地遇到交通意外骨折。雖然沒有生命危險，但身為朋友又住在附近，不去探病也太無情了。因為大家只有今天有空，所以就臨時決定了，我現在人在新宿。不過和妳住院的是不同的醫院。』

「我知道了。那晚餐我會自己隨便解決。」

『可以嗎？爸爸今天也要工作，不會回家。』

「媽媽呢？跟朋友一起吃嗎？」

『雖然探完病應該不會去喝酒，但我是這麼打算的。我不會太晚回去。大家都有工作。那事情就是這樣，拜託妳啦。』

「嗯，我知道了。妳小心一點……怎麼辦。」

掛斷電話後，千穗將臉埋進枕頭。

雖然千穗在社團活動結束後，肚子餓得要死，但考慮到要回家吃晚餐，她又不能隨便吃東西，所以才婉拒了佳織和義彌說要請她喝茶的提議。

結果不但母親不在家，晚餐還要自己解決。

無論是要外食還是去便利商店買東西，都必須要鼓起幹勁出門，但千穗今天又沒有自己做飯的心情。

感覺如果自己做飯，心情一定又會變得一團糟。

「怎麼辦……咦？」

千穗隨手把玩著手機，在收到的簡訊中發現了一個出乎意料的名字。

在下午五點收到的這封簡訊，被夾在附優惠券的１３冰淇淋和麥丹勞的促銷簡訊中間。

「真難得。是有什麼事嗎？」

千穗看完內容後，立刻撥打電話。

那是鈴木梨香約她出來吃晚餐的簡訊。

剛過傍晚六點沒多久，千穗就在開始出現下班人潮的笹塚站剪票口，發現無聊地站在那裡的梨香。

「啊，找到了。鈴木小姐！」

「喔，千穗，妳好啊。不好意思，突然在這個時間找妳出來。」

千穗跑過去後，發現梨香今天穿的並非平常的休閒服，而是精心打扮過一番。

「妳家的人不會在意嗎？」

「嗯，我父母今天都不在家。鈴木小姐是剛要從哪裡回家嗎？」

「嗯，差不多是這樣。」

梨香有些含糊地回答。

「然後啊，就像我簡訊裡說的一樣，妳方便陪我一起吃晚餐嗎？」

「嗯，是沒問題啦。」

千穗猜不出自己被邀請的理由。

雖然千穗最近和梨香的交情還算不錯，但如果梨香想找人跟她一起吃飯，應該會先找惠美才對。

就在千穗隱約這麼想時，梨香像是看穿了千穗的想法般先一步說道：

「我今天啊，正好不想找惠美，而是想和千穗見面。」

「是這樣嗎？」

儘管成為別人想見面的對象的感覺並不壞，但這並未消除千穗察覺到的奇妙異樣感。

梨香給人的感覺和平常不同。

即使是在被加百列和安特．伊蘇拉東大陸騎士團襲擊時，梨香也沒因為害怕而失去她開朗的本性，但她現在的表情，似乎籠罩著奇妙的陰霾。

「唉，先決定要去哪間店吧。講是這樣講，也不能帶千穗去能喝酒的店，所以應該會去家庭餐廳，這樣可以嗎？」

「嗯，去哪裡都沒關係。」

「那我們走吧。話雖如此，我對這附近的店家不太熟，妳有什麼想去或推薦的店家嗎？」

「呃，這個嘛。」

像梨香這樣的上班族，在這種時候會去什麼樣的店呢？

感覺自己的品味似乎遭到了考驗，千穗認真地交叉雙臂思索。

梨香不太可能毫無理由就盛裝打扮地來找自己。

或許是有什麼關於惠美或真奧他們的事情，想單獨找千穗商量也不一定。

要適合談話、能讓千穗這個年齡的人在傍晚六點以後光顧，並且還能吃飯的地方。

最重要的是，因為種種因素，千穗的肚子現在前所未有地餓。

「對了！」

「喔，有想到什麼不錯的地方嗎？」

「嗯，不過要走一段路，沒關係嗎？」

「沒關係。我們走吧。」

從笹塚站步行約十分鐘的路上。梨香隨口詢問學校的狀況，千穗也隨意回答，就在兩人閒聊的這段期間，她們抵達了一間百圓迴轉壽司專賣店「魚魚苑」。

「喔，這間店不錯呢。就這間吧。」

從梨香的表情來看，這個選擇似乎還不算壞。

「妳經常來嗎？我只知道店名，沒實際進去過。而且在我的活動範圍內也沒開。」

「雖然我沒吃過很貴的壽司，可是我覺得應該算是好吃。」

「喔。」

「我有一陣子沒來了，但印象中最近有看過新推出高級壽司料的廣告，就覺得這是個好機會。」

「啊～像是原本主打一盤一百圓的連鎖店以兩百圓的價格推出較高級的壽司，或者明明是壽司店，卻也有賣拉麵之類的，最近多了很多變化呢。」

「我是不知道有沒有賣拉麵啦。」

千穗苦笑地打開店門。

幸好似乎沒碰上晚餐時段的人潮，兩人順利找到了一個有餐桌的座位。

「可是，應該還是值得期待。」

千穗邊用溼紙巾擦手邊說道。

「艾美拉達小姐第一次來日本時，曾經一面說著『好好吃好好吃』，一面一個人吃了將近三十盤。」

「……喔，那個身材嬌小的艾美拉達啊。」

梨香瞬間露出意外的表情，她擦完手後，將身體靠到沙發上。

「啊～好累，真受不了。唉～」

「妳今天是剛出遠門回來嗎？」

「不，很近。非常近。」

梨香收下千穗用綠茶粉泡的綠茶，同時低喃道：

「我今天去新宿和蘆屋先生約會。」

「喔，和蘆屋先生約……………………好燙！」

花了一段時間理解梨香的話後，正在將熱水倒進自己茶杯的千穗灑了一點水出來。

「妳沒事吧？有沒有燙傷？」

「我、我沒事，雖然沒事，咦，咦咦？鈴木小姐，和蘆屋先生約會，咦……咦咦咦咦？」

「千穗，妳也太吃驚了。姊姊我好歹也是個成熟的女人，當然會和別人約會啊。」

「呃，我不是這個意思，我驚訝的不是這個，那、那個蘆屋先生，跟、跟人約會？」

「蘆屋」之於「約會」，大概就相當「漆原」之於「勤奮工作」吧。

由於過於驚訝，讓千穗好一陣子說不出話來。

「覺得意外？」

「……坦白講，非常意外。」

「有這麼誇張～？」

「啊，不是的，那個，我絕對不是認為鈴木小姐沒有魅力，只是我從來沒聽說過蘆屋先生為了去超市、圖書館、短期打工和與真奧哥有關的事情以外的目的外出過。」

「妳是在驚訝這個啊。」

梨香抬起身子苦笑。

「這並不是我第一次和蘆屋先生出門喔。雖然上次真奧先生和鈴乃也有同行，但我曾經和他們一起去買過電視喔。」

「嗯，只有我們兩個。」

「呃，可是，那和這次不一樣吧？因為，既、既然是約會……」

「哇啊！」

同時聽見太多令人驚訝的事情，讓千穗只能發出這種呆呆的聲音。

「哎呀，不過千穗的這種反應，反而讓我覺得很珍貴呢。」

「咦？啊，對、對不起，我剛才說了非常失禮的話……」

「沒關係啦。真要說起來，妳應該是要向蘆屋先生道歉才對。雖然我不知道他在家裡是什麼樣子，不過他在外面時非常正經喔。」

「這、這個……是這樣沒錯。」

「不過從千穗的反應來看，那件事應該沒有洩漏出去。」

「怎、怎麼了嗎？」

「真奧先生和鈴乃什麼都沒告訴妳吧？」

「真奧哥和鈴乃小姐？關於今天約會的事情嗎？」

「不，不是那件事。唉，雖說是約會，但其實和之前跟鈴乃一起去買電視那次沒什麼不同。蘆屋先生今天終於買了手機。而且還是薄型手機。我是去幫忙出意見。」

「蘆屋先生買手機？」

明天地球自轉的方向應該不會倒過來吧？

千穗太過吃驚，差點又把茶給灑出來。

「他好像從很久以前就覺得有必要，在買電視時，我就有跟他約好下次要再幫忙出意見，只是後來發生了很多事才不斷延期。」

「很多……的確是發生了很多事呢。」

「對吧？」

從真奧買電視到現在為止的這段期間，千穗不僅學會法術還面臨生命危險，梨香對「世界」和「人類」的概念也徹底被顛覆。

「再來就是蘆屋先生想針對與安特．伊蘇拉有關的麻煩向我道歉，以及繼續進行之前因為麻煩還沒解決，而沒好好做的說明，大概就是這些。我也答應了他的邀約。」

「原來是這樣啊。」

「唉，雖然大部分都和我從千穗跟惠美那裡聽來的資訊重疊。不過因為是從惡魔的角度來看，所以感覺有點新鮮呢。在他提到哪個地區的騎士團很強，以及惠美和艾美拉達讓他們吃了多少苦頭時，我真的不曉得該怎麼回應。」

「我懂。我也曾經有聽過惡魔們在侵略安特．伊蘇拉之前的事情。因為實在太有趣了，所以感覺對遊佐小姐和鈴乃小姐有點不太好意思。」

「對吧。雖然惠美叫我不用太過在意，但並非當事人的我們，實在很難反應。」

梨香微笑地說完後，用力嘆了口氣，開始轉動肩膀。

「啊～感覺還是有點累。唉。」

像是為了緩和難纏的肩膀痠痛症狀，活動了一下手臂後，梨香再度嘆了一大口氣。

「怎麼了嗎？」

「嗯，在和蘆屋先生出門的過程中，發生了不少事。」

梨香換轉動脖子，並做了個深呼吸。

「鈴木小姐？妳沒事吧？」

「我已經恢復得差不多了……啊，嗯。然後啊，我們一直到剛剛才解散。」

千穗在車站時就覺得梨香的表情有點憂鬱，像這樣在明亮的店內面對面坐下後，她才發現梨香的臉色是真的很差。

看起來就像是病剛好般，皮膚也顯得蒼白。

就在千穗開始擔心梨香的身體狀況時，梨香接下來說的一句話，讓千穗瞬間停止所有的思

考。

「我向他告白，然後漂亮地被拒絕了。」

無論是思考，還是店內的喧囂，全都從千穗的感覺中消失了。

就只有梨香若無其事地說出這句話時的平淡表情，牢牢地占據她的視野。

「什麼……」

「真的很辛苦呢。」

梨香對啞口無言的千穗笑道。

「唉，這話題不太適合空著肚子說，我們邊說邊談吧。」

接著梨香自然地看向壽司區，但千穗依然動也不動。

就連自己肚子餓的事情，都從千穗的腦中被吹跑了。

※

應該沒有打扮得太過頭吧。

在ＪＲ新宿站西側出口的剪票口等待蘆屋的梨香，重新確認自己的服裝。

「……嗯，沒問題。」

雖然這次只有兩個人，但不難想像接下來的行程一定會與約會這種輕浮的事情相差甚遠。道歉、說明和提供買手機的建議，梨香用這些怎麼想都與浪漫無關的字眼壓抑自己加速的心跳。

淺褐色的風衣搭配連身裙。外出用的手提包與平常不會戴的細金鍊項鍊。嗯，和平常去公司時的打扮相比，只有稍微豪華一點。

「而、而且蘆屋先生一定會表現得和平常一樣，不如說我應該要先做好引導他的心理準備才行！」

仔細想想，上次單獨和蘆屋見面，已經是他被加百列帶走的時候。

梨香已經不是愛作夢的少女了，在這個進入寒冷的季節，需要多穿幾件的時期，她不認為蘆屋會把錢花在治裝上。

所以——

「鈴木小姐，讓妳久等了。」

即使只是聽見這道悅耳的聲音，依然感到有些興奮的梨香在抬起臉後——

「啊、啊啊、啊啊啊，咦？」

她的心臟馬上就因為映入眼簾的光景劇烈跳動。

「不好意思，天氣這麼冷還讓妳等。因為我平常不太穿這種衣服，所以出門時花了一點時

間準備。」

「呃，不，那個，我才剛到而已，不用在意，不過……」

「怎麼了嗎？」

「沒、沒事，呃，那個……」

蘆屋不過是稍微歪了一下頭，梨香的心跳便再度加速。

梨香感覺自己在來這裡前，為了讓自己冷靜下來而在心裡做的許多模擬都瞬間粉碎了。

她完全沒預料到這種狀況。

「沒想到……沒想到居然是穿西裝來。」

蘆屋穿著一套暗灰色的緊身三件式西裝。

「啊，這個嗎？」

蘆屋苦笑道。

「這是我很久以前買的，不過到現在只穿過兩三次。」

筆挺的襯衫搭配全新的皮鞋，以及穿戴整齊的條紋領帶。

雖然拎在手上的外套看起來是UNI×LO的特輕羽絨外套，但除此之外無論怎麼看，蘆屋的身高和體格都讓他看起來像極了西裝的模特兒。

梨香無法壓抑自己的心跳，並明確地感覺到自己的臉紅了起來。

這樣太犯規了。突襲也該有個限度。

「說來真是慚愧，因為太少穿，我連領帶怎麼打都忘記了。希望看起來不會很奇怪。」

「一點都不奇怪！非常帥氣！」

梨香反射性地喊道。

「不、不如說我才是完全沒好好打扮，對不起。」

明明剛才還在擔心自己會不會打扮得太過頭，現在卻突然感到非常後悔。

早知會這樣，就可以更認真地打扮了。

不僅外套是經常穿去上班、離便服只有一步之遙的東西，現在穿的鞋子更是連什麼時候買的都想不起來。

雖然今天帶的是自己中意的手提包，但掀蓋上有個小小的傷痕。

「不，沒這回事。」

蘆屋以平靜的笑容搖頭說道。

「鈴木小姐經歷了一連串恐怖的事情，我本來以為妳一定會拒絕我的邀約。我很感謝妳今天願意陪我。妳的打扮一點都不隨便。非常漂亮。」

「唔～～！」

梨香的思考很快就逐漸突破極限。

平常的梨香，根本就不會理會「漂亮」這種空洞的客套話。

不過蘆屋的話裡完全感覺不到任何虛偽。

他是真的覺得漂亮。

「謝、謝謝……」

這麼一來，梨香也只能坦率地道謝。

「那麼，接下來該怎麼辦呢？因為我有很多話想先跟鈴木小姐說，如果妳不介意，我想先找間能夠用餐的店。」

「嗯、嗯，呃，那個，好的，拜託你了。」

梨香的計畫已經完全被這記出乎意料的重擊打碎，因此只能坦率地點頭贊成蘆屋的提議。

「那麼，我有先列出幾個候補地點。」

說著說著，蘆屋從內側口袋拿出一張折疊過的紙。

另一方面，梨香光是看見蘆屋將手伸進內側口袋拿東西的動作，心裡就開始小鹿亂撞。

「穿過地下道後，有間窯烤披薩很美味的義大利餐廳，lumina百貨裡有間在午餐時段無限供應小菜的創作和食店……再來是，雖然要從車站走一段路，但有間酸奶牛肉非常美味的俄羅斯餐廳……」

「啊，那間已經收起來了。」

突然接收到已知的情報，梨香總算稍微恢復冷靜做出反應。

「咦？是這樣嗎？大概是網站的情報太舊了。」

看來蘆屋事先在美食網站上收集情報，並將地圖印了出來。

蘆屋曾經說過自己不擅長使用電子儀器，所以應該是拜託漆原幫忙吧。

「我以前也很喜歡那間俄羅斯餐廳，但那裡前陣子結束營業了。順帶一提，我不推薦之後進駐的義大利餐廳。」

「這樣啊。仔細想想，鈴木小姐就是在新宿上班。妳應該知道很多店家吧，與其去我透過拙劣的搜尋挑選的餐廳，不如去鈴木小姐喜歡的店如何。」

「咦，啊……那個……」

雖然腦中瞬間閃過以前曾和真奧與鈴乃一起去過的華丸烏龍麵，但梨香搖頭說道：

「我、我想去那間有提供小菜的店！」

「這樣沒關係嗎？」

「嗯、嗯。雖然義大利餐廳也不錯，但要是醬汁濺到蘆屋先生的西裝上就不妙了吧？我也沒去過那間有小菜的店，所以……」

梨香忸忸怩怩地用雙手搓著手提包的提帶。

「還是，去蘆屋先生挑的店好了。」

宛如變回了十幾歲的少女般，梨香的內心湧起一股舒適的焦急感。

「這樣啊，我知道了。那我們走吧。」

「嗯、嗯！」

蘆屋還是一樣毫不做作地點頭，在催促梨香後邁出腳步。

從西口到lumina百貨最快的路線，是穿過京王線剪票口旁邊的地下賣場，再走上左側的樓梯。

走在中午時段人潮略多的新宿站內，梨香發現蘆屋自然地放慢腳步配合自己的速度。

每當梨香看見自己和蘆屋映在展示窗或店家螢幕上的身影時，內心就會產生一股甜蜜的疼痛。

映照在上面的身影，看起來就是一對普通的日本男女。

在同一間公司工作的同僚、久未見面的朋友，或是正在享受約會的一對情侶。

梨香再次確認心中那份即使知曉全部的真相並體驗過超乎尋常的恐怖後，依然沒有改變的感情。

我現在毫無疑問地發自內心喜歡蘆屋先生。

不過梨香無論如何，就是無法握住蘆屋近在眼前的那隻手。

由於是午餐時間，兩人先在候位處坐了一下，梨香先是因為兩人的肩膀靠得太近而倉皇失措，在被服務生帶到座位後，又因為蘆屋脫下外套露出底下的背心而變得小鹿亂撞，心情大起大落的梨香，馬上就開始感到有些疲憊。

這樣下去，買東西時或許會無法做出冷靜的判斷。

就在她這麼想著的時候。

「嗯……」

照理說已經點好餐的蘆屋，仍認真地注視著菜單。

「……啊。」

梨香不經意地瞄向菜單上的價格，挑起眉頭。

所有的午餐菜單都超過一千圓。最貴的甚至到一千八百圓。

坦白講，這對梨香來說也算是相當高價的午餐。

何況梨香原本就知道蘆屋的財務狀況十分拮据。

「蘆、蘆屋先生，你還好吧？」

蘆屋自己也有調查過這間店，因此應該早就知道價格。

不過一想到買電視時的事情，梨香不禁擔心他是不是在勉強自己。

事關提出邀約的男性自尊，梨香煩惱了一下該如何委婉地告訴對方不用勉強出錢。

「呃，其實……」

蘆屋繼續盯著菜單搖頭，做出奇妙的發言：

「我曾經思考過能不能以相同的價格，自己在家裡做出這個紅燒紅目鰱的套餐。」

「咦？在自己家裡？」

「是的。以一餐的價格來說，一千兩百圓看起來算是滿貴的，不過如果想自己在家裡做，要壓低費用意外地困難。」

「是、是這樣嗎？」

「是的。」

蘆屋折好菜單，表情嚴肅地點頭。

「首先紅目鰱原本就不便宜。最近魚也漲價了，假設一片魚是三百圓。」

「喔。」

「通常來這種店時，每個人都會點不一樣的東西。不過一般家庭基於設備和勞力的考量，沒辦法做到這種事情。我們家有三個人，所以三片魚就是九百圓。這裡不僅有附開胃菜和味噌湯，還無限供應小菜。就連白飯都能自由續碗。如果在有三個大男人的家庭這麼做，米一下就會用光。而且餐廳每天都能賣出一定數量的紅目鰱，但一般家庭不可能每天都吃相同的東西。

這麼一來，就會發現吃一餐紅燒紅目鰱所需的費用和勞力比想像中還要高。所以我突然覺得一千兩百圓意外地是非常適當的價格。」

「原來如此，我從來沒想過這種事。」

一開始啞口無言的梨香，隨著慢慢看見自己平常認識的蘆屋，逐漸緩和了緊張。

「啊，還有雖然我平常在各方面都厲行節約，但今天難得鈴木小姐特地陪我出門，所以我不會在意這類事情，請妳放心。畢竟平常之所以要節儉，就是為了這種場合。」

「嗯，我知道了。不過還是要控制在真奧先生不會生氣的程度喔。」

看來打從一開始，梨香的擔心就是杞人憂天。

「我會謹記在心。那麼……我想想看該從哪裡開始說起……」

「不用這麼正式啦。其實我已經聽說了不少關於漆原先生來之後的事情和安特．伊蘇拉的事情。對了，我想知道蘆屋先生被抓後，發生了什麼事情。」

「在那之後的事情嗎？這麼說來，我聽佐佐木小姐說妳有一陣子的身體狀況不太好，後來還好吧？」

「我天生就是個樂觀的人。千穗和大黑小姐也很關心我，從我知道了真相後，依然願意像這樣和蘆屋先生一起出門就看得出來了吧。」

「這樣啊。呃，因為之後無論我怎麼逼問加百列和鑲翠巾的人，他們都不肯告訴我鈴木小

姐的事情，所以我真的很擔心。其實……」

接著蘆屋開始闡述自己被加百列帶走後發生的事情，以及這和惠美被囚禁在安特．伊蘇拉的事件有關的部分。

梨香以平靜的笑容聆聽。

儘管有些內容過於刺激，但就結果而言，梨香重要的人全都平安無事，而且也能期待蘆屋當時無法解開的謎團，能藉由惠美的母親握有的情報釐清。

「雖然過程很辛苦，但大家都各自一步一步地向前進呢。」

「魔王軍健在時，我完全沒想過會有這一天。」

「我一年前也沒想過自己會這麼認真地聽別人講這種事情。」

沒多久，兩人點的料理都送到了，話題開始轉向料理、蘆屋的日常生活、梨香的生活，以及惠美離開後的職場的事情，兩人東拉西扯地聊得非常熱絡。

雖然梨香也有像惠美或同事清水真季這些能一起開心吃飯的朋友，但這場午餐約會的快樂，帶有完全不同的性質。

蘆屋不但擅長開展話題，也很擅長傾聽。

一講到真奧與漆原、和惠美的戰鬥，以及過去的魔王軍，就會變得饒舌這點也讓人覺得有趣。

「總而言之，考慮到漆原的問題，我必須盡可能壓低通話費。」

買東西時連漆原的浪費癖都一併考量進來，也和蘆屋平常的風格相符。

這件不像魔王軍會有的西裝的祕密，也在談話的過程中解開了。

那是發生在魔王加入麥丹勞前不久的事情。

考慮到將來可能從事必須穿西裝的工作，真奧和蘆屋各自在西裝專賣店的第二件千圓促銷活動中買了一套西裝。

結果真奧和蘆屋都沒有從事需要穿西裝的工作，所以這兩件西裝平常都和防蟲劑一起被收在壁櫥裡面。

作為題外話，蘆屋也提到家裡常備有婚喪喜慶用的黑色和白色領帶。

「雖說是店方的問題，但由於我的體格較大，合身的西裝有限，因此最後不得不讓魔王大人穿一千圓的西裝，我到現在依然後悔不已。」

「這也無可奈何。那種衣服光是身高比較高就可能要多加一千圓，以西裝來說，實際的價格應該要兩、三萬吧。」

「仔細想想，這次或許是自這件西裝以來，我首次為自己花這麼多錢買東西。」

「既然如此，就更要好好選了。那麼，你有比較偏好哪個機種或是公司嗎？」

「不，說來慚愧，我一點概念也沒有……」

「這樣啊。其實和上次買電視時相比，現在每間公司推出的方案都有點改變了。蘆屋先生最常用到的手機功能……」

吃完飯後，梨香總算習慣蘆屋的樣子，從包包裡拿出記事本和筆進入工作模式。

接著梨香總結從蘆屋那裡聽來的資訊，做出結論。

「總之你希望價格盡量便宜。而只要有通話功能，就能拿來使用那個叫『概念收發（idea-link）』的東西。因此你不挑機種。主要的用途是拿來打電話，並且不會長時間通話。有可能傳簡訊的對象，就只有和那棟公寓有關的人。目前沒搬離大都市圈的計畫。平常沒有下載遊戲或音樂的習慣。可是或許會經常活用網路。以上應該沒有需要訂正的地方吧？」

「是的。」

「好，我知道了。聽到這裡，我開始覺得要是真奧先生之前換手機時，惠美也能幫忙出一點意見就好了……唉，不過我對ae也不熟，真奧先生好像也用這個電信業者的服務很久，應該是有什麼其他的理由，才會選掀蓋式手機吧。」

梨香反覆檢視記事本後說道。

「蘆屋先生，如果要一次付清，你的預算大概有多少？」

「一次付清嗎？」

蘆屋困惑地回答。

「這個嘛。我最多應該能拿出約五萬圓……不過我聽說這種東西大多是採分期付款。」

「的確，不過那是因為現在的空機費非常高。雖然有很多人都是綁月租費分期付款，但這樣無論如何，每個月最少都要繳到六千圓。」

「每個月……六千嗎？」

蘆屋表情陰沉地說道。

「魔王大人的手機通話費每個月大約是四千圓，所以我本來以為費用應該會差不多……」

「雖然我不知道那是什麼時候的事情，不過既然惠美已經先付清了空機費，那每個月當然不用再加上分期付款的錢吧？掀蓋式手機不需要傳送大容量的資料，所以差不多是那個價格。不過假設買五萬圓的機種分二十四個月付款，每個月大概要付兩千多圓。蘆屋先生又是辦新門號，所以沒有換機續約的優惠，真奧先生他們也不是你的家人，沒辦法使用家庭方案，不管再怎麼縮減費用，其實每個月六千圓都算是非常樂觀的預測了。視選擇的機種和使用方式而定，或許還會更貴一點。」

「唔……」

「所以我才會問你，要不要考慮先一口氣付清空機費。」

「咦？」

「簡單來講，就是有只要連手機一起買，就能將每個月的通話費押到三千圓以下的方法。

只是這種方式並不普遍。」

「不普遍，是指必須操作什麼困難的電子機器嗎？」

「不是。只是這種契約方式在日本還不流行而已。再來就是因為只能用在薄型手機，所以對某些人來說的確是比較困難。另外就是一次付清是個很高的門檻，而且這樣會不能使用電信業者提供的郵件服務，愈是長期使用手機的人，愈是懶得改用這種方案。就這方面而言，蘆屋先生只要克服空機費，就能馬上使用了。」

「雖然我不太清楚，但那是類似因為鈴木小姐是公司員工，所以才能享有的方便嗎？」

「不是這樣啦。我又不是正式職員，只要有心，誰都能用這種方案，提供的功能或服務品質也不會因為費用便宜，就變得非常糟糕。」

「既然如此，那為什麼會不普遍呢？」

蘆屋困惑地問道。

「因為沒有廣泛宣傳，日本通訊產業的歷史和海外相比又較為特殊，何況日本最近才開始引進這種服務，就算要普及也是以後的事情，雖然有很多原因，但我想應該沒有需要蘆屋先生擔心的事情。再來就只看你有沒有意願一次付清電話的錢。如果沒辦法一次付清，或許也能透過限制使用方式，想辦法找價格較為便宜的方案……」

「不，降低對家計的負擔才是魔王城的正義。既然能讓月租費變得那麼便宜，鈴木小姐又說沒有問題，那沒理由不採用那種方案。」

「我知道了。如果預算方面沒問題，我們就先去docodemo的手機賣場看看吧。」

「果然是docodemo的契約型態嗎？」

梨香稍微思考了一下該如何向對通訊技術不熟的蘆屋說明。

「嚴格來說不是，不過粗略來看也不能說不是……你聽過SIM-Free嗎？」

「SIM-Free？」

「我們邊走邊說吧。那差不多該……」

梨香從座位起身，按照平常的習慣打算拿起放在桌子角落的帳單——

「啊，這交給我吧。」

然後碰到快速搶走帳單的蘆屋的手背。

「咦？啊？可、可是？」

「我今天約妳出來，是為了向妳道歉，而且等等還要麻煩妳幫忙。就讓我來結吧。」

「……好、好的……」

難得靠手機恢復的平常心，又一口氣亂了套，梨香坦率地放開手。

蘆屋滿意地點頭，他披上西裝外套，拿著帳單走向櫃檯。

看著那道背影，梨香像是為了抱緊男性較大的手背略帶粗糙的觸感般，用力將碰到蘆屋的

右手握在胸前。

「啊，天色已經變得很暗了。」

「明明才五點而已。」

兩人在快下午五點時走出電器行。

只要一做出決定就會快速行動的蘆屋，按照梨香的建議以一次付清的方式，買了一只雖然是舊型，但解除了ＳＩＭ卡鎖定的docodemo薄型手機。

接著電器行以代理店的身分，幫他們與通訊公司簽訂電信契約，蘆屋就這樣順利取得docodemo的SIM-Free空機。

不過接下來的路還很長。

除了生活家電、計算機和電視外，幾乎沒接觸過其他電器的蘆屋，突然擁有了薄型手機。

在商店店員說如果不清楚詳細的使用方法，就下載ＰＤＦ檔的說明書來看時，蘆屋的臉色瞬間變得蒼白。

梨香見狀，便判斷這樣下去蘆屋將無法使用難得買到的手機，於是她立刻將蘆屋帶到電器行樓上的咖啡廳，從開啟電源開始慢慢教他怎麼使用。

在教學的過程中，梨香將自己的姓名、電話和郵件地址登錄在電話簿內的最前面。即使蘆屋不覺得這有什麼特別的意義，這對梨香來說依然是令人開心的誤打誤撞。

在拿帳單碰到手時跳得極快的心臟，也在指導如何操作和討論手機的過程中逐漸習慣。

包括中途適當穿插的休息時間在內，蘆屋花了兩個小時，總算學會如何打電話、傳簡訊、叫出和新增電話，以及如何使用地圖和電車時刻表的應用程式。

「說不定你已經比真奧先生還會用手機囉！」

「姑且不論魔王大人，既然同樣要在薄型電話這塊領域競爭，那我可不打算輸給艾米莉亞。」

雖然不曉得蘆屋打算在這塊領域展開什麼樣的戰鬥，但他才剛學會如何使用地圖的應用程式就表現出餘裕，並開始得意忘形的樣子，實在是非常有趣。

那道充滿幹勁的背影，看起來就像是個大孩子。

不過這段如作夢般快樂的時間，突然面臨了終結。

「不好意思，結果給妳添了這麼多的麻煩。今天真的非常感謝妳。」

下午五點。天空已經變成深藍色。

是主夫該準備回家，為家人處理家事的時間。

「……不會啦，幸好有幫上你的忙。」

蘆屋之前就有說過傍晚時必須回家。

梨香原本以為中午到傍晚是一段很長的時間。

沒想到在上班時覺得非常遙遠的下午五點，居然這麼快就到了。

「真是幫了大忙。要不是有鈴木小姐在，別說是一個人買手機了，我恐怕連設定都弄不好。」

「嗯。」

梨香點頭。

「鈴木小姐是住在高田馬場吧。不介意的話，讓我送妳……」

「不用了，沒關係。路上沒什麼危險的地方，而且蘆屋先生也得回家了吧。」

「這樣啊。不過，至少讓我送妳到車站的剪票口……」

邊說邊開始邁出腳步的蘆屋的手，果然還是離梨香很遠。

然而車站的剪票口卻真的很近。

明明感覺去了很多地方，但兩人距離新宿站卻只有不到十分鐘的路程。

回到一開始的會合地點後，梨香的心情就像是小時候剛從遠足回來一樣。

快樂的活動結束，在回家的路上和朋友們一一道別，最後只剩下自己一個人時的那股難以言喻的寂寞。

不希望這段時間結束的曖昧心情。

即使回到家後就會神奇地消失，但回家的路途仍讓人覺得辛苦。

當然，她並不是再也見不到蘆屋，不如說既然她已經知道真相，就算要說他們之間的距離比以前縮短也不為過。

不過未來還能有機會像今天這樣和蘆屋一起出門嗎？

兩人的生活區域不同，真要說起來，甚至連原本居住的世界都不一樣。

這時候，梨香突然想起一張臉。

大家都提過的臉。

那孩子不是孤身一人，憑自己的意志，選擇持續待在這些人的身邊嗎？

「我說啊！」

梨香在剪票口前止步，蘆屋因為她突然大聲說話而露出驚訝的表情。

「那個……你可以再陪我……一段時間嗎？」

「喔、喔？呃，好的，如果不會很久的話。」

「那……那麼，你可以……聽我說一下話嗎？」

「有話要跟我說嗎？那要不要找個能靜下來的地方？」

「不用，這裡就可以了。」

下班時間的人潮，開始湧入西側出口剪票口前面的廣場。

「我可以問件奇怪的事情嗎？」

「什麼事？如果要說奇怪，我今天才真的是跟妳問了和說了許多奇怪的事情。」

「這也是沒辦法的事情。畢竟是第一次用，所以初學者這樣就行了。話說我想講的不是這種事。」

雖然梨香反射性地笑了，但在抬頭看見蘆屋的表情後，梨香的直覺告訴自己，蘆屋只是因為覺得她看起來在煩惱，才用這句話緩和她的緊張。

「不對，我、我說的奇怪的事情是……那個，和惠美有關……」

「艾米莉亞？」

「嗯。她是人類和天使的混血吧。」

「好像是。」

「換句話說，在安特·伊蘇拉，人類和天使……能夠結婚吧？」

「應該是這樣沒錯。只是不需要像日本這樣去戶政事務所登記，也沒有變更姓氏等複雜的手續。」

「那……那麼……」

梨香的心跳達到今天的最高峰，快到令人害怕的程度。

她一面在心裡對為了配合自己的話題而被搬出來的好友道歉，一面以顫抖的聲音問道：

「惡魔和人類……有辦法在一起嗎？」

「…………呃。」

就連蘆屋，也因為梨香突然轉換的話題而一時啞口無言。

他稍微抿緊嘴角，像是在考慮該如何斟酌梨香的問題。

「……坦白講，我不知道。」

在困惑了一會兒後，蘆屋以慎重的語氣回答。

「雖然惡魔無論體格、體型、器官數量或是器官的形狀，都和人類與天使不同，但每個種族和個體之間，還是存在著很大的差異。如果是形狀接近人形的種族，或許有這個可能性，但因為我並不知道具體的例子，所以也沒辦法確定……」

接著蘆屋像是覺得難以啟齒般，搔著頭說道：

「其實關於人類與惡魔的事情，我最近也有一些想法，所以從鈴木小姐口中聽見這個問題，讓我有點驚訝。」

「咦？」

「是關於佐佐木小姐的事情。」

「千穗……？」

蘆屋表情凝重地提出千穗的名字，讓梨香產生一股不好的預感。

「佐佐木小姐雖然從以前就知道我們所有的過去，但依然對魔王大人抱持好感。不過前陣子因為懷疑魔王大人有可能太過依賴佐佐木小姐的感情，大家在公寓稍微起了一點爭執。」

「真奧先生依賴千穗？」

「佐佐木小姐是位聰明的人，因此即使是在和魔王大人相處時，也絕對不會感情用事或變得盲目。她是在徹底理解艾米莉亞和安特．伊蘇拉人的憤怒與怨恨的情況下，持續和我們來往，因此也經常站在艾米莉亞她們那邊。不過……一旦魔王大人和艾米莉亞再次決裂，佐佐木小姐仍會選擇支持魔王大人……」

「咦，這很難說吧。」

梨香插嘴說道。

「魔王大人該不會擅自這麼認為吧？」

「……呃，咦？」

「簡單來講，對以前還不習慣日本生活的貝爾，前陣子被捲入我的騷動的鈴木小姐，以及被捲入安特．伊蘇拉謀略的艾米莉亞，魔王大人都非常殷勤地加以照顧。不過他唯獨怠於對佐佐木小姐展現這樣的關心。雖然魔王大人說他在職場有以上司和前輩的立場在關心她，但佐佐木小姐的寬容，在店外也提供他不少幫助，魔王大人似乎欠缺這方面的自覺。」

既然蘆屋如此斷言，就表示他應該有相當的確信。

「講好聽一點是全面的信賴。但講難聽一點就是魔王大人只對佐佐木小姐解除戒心，甚至到依賴她的程度。而且這恐怕是從很久以前……從漆原以敵人的身分出現在日本那時候就開始了。」

「你的意思是，在與漆原先生的那場戰鬥結束後，就只有千穗和別人不同嗎？」

「沒錯。魔王大人唯獨保留了佐佐木小姐的記憶。我從那時候開始就覺得不可思議。可想而知，佐佐木小姐對魔王大人來說，從當時開始就是特別的存在。而那樣的關係至今依然持續。所以我最近經常在想。我接下來說的話，希望妳能夠保密……」

蘆屋認真地將手抵在下巴上說道。

「如果魔王大人選擇佐佐木小姐作為伴侶……換句話說，就是決定娶她為妻，情況會變得如何。」

「娶娶娶、娶她為妻？」

突然迸出這麼有現實感的詞，讓梨香大吃一驚。

「雖然我對這件事就是在意到這種程度……不過魔王大人的內心，連我都無法猜透，我本來是打算等事情真的發展成那樣再來考慮……我們原本是在談什麼？」

「……啊，呃，那個，是關於惡魔和人類能否結婚的話題。」

「啊，沒錯沒錯。那麼，這件事怎麼了嗎……」

「嗯，那個……」

倒不如說，在意外聽見這麼具體又現實的說明後，反而比較好處理。

變得比較容易說出口。

於是梨香順口就說出來了。

「我啊，就像千穗對真奧先生那樣……喜歡上你了。」

「嗯……………嗯？」

蘆屋在像以往那樣點頭後，突然僵住。

「那是，那個……」

「我是以一個女人的身分，喜歡著你。」

「……鈴木小姐，可是，我……」

「我知道啦。我現在非常能體會千穗的心情。我並不是希望你能和我交往，或是和我結婚。只是覺得必須傳達給你，想要傳達給你。我希望你能看著我。」

梨香集中精神，消除自己和蘆屋以外的聲音。

「給你添麻煩了嗎？」

「……」

蘆屋以嚴肅的表情，回望同樣一臉嚴肅的梨香。

就在兩人交會的視線即將分開的瞬間，蘆屋從口袋裡拿出新買的手機。

「請稍等我一下。」

「嗯。」

蘆屋以仍略顯僵硬的動作叫出電話簿，將電話抵在耳邊開始打電話。

「……………真慢。既然整天黏在電腦旁邊，就快點接電話啊。是我。艾謝爾。嗯，買好了。記得登錄這個號碼。我會晚一點回去。魔王大人今天也要上班到深夜，所以如果你肚子餓就自己隨便解決。嗯……沒辦法，隨你高興吧。不過吃完後一定要好好收拾。再見。」

梨香馬上就知道蘆屋簡短說明要事的對象，是正在Villa・Rosa笹塚看家的漆原。

「看來我比想像中還要動搖。居然輕易就允許漆原叫披薩了。」

「……那真是不好意思。」

除此之外，梨香也不曉得該怎麼回答。

蘆屋輕輕嘆了口氣，將電話收進口袋裡，然後看向梨香。

「可以……稍微陪我一下嗎？」

蘆屋領著梨香，率先走進地下道。

從方向來看，他似乎正往都廳那裡前進。

兩人持續穿過逆向的人潮前進，過不久便穿過地下道，來到高樓區的正中央。

蘆屋停下腳步，稍微朝周圍張望了一下。

「請往這裡走。」

接著他請梨香走到離路邊有段距離的地方。

大企業和一流飯店等高樓聚集的西新宿風非常強。

或許是心理作用，梨香覺得這裡的風比剛走出電器行時還要冷。

「這裡是哪裡？」

蘆屋站的地方，是已經過了打烊時間、開在大樓之間的咖啡廳的露天席。

或許是一過下班時間就把店收起來了。周圍沒有半個人影。

蘆屋轉頭朝向困惑的梨香，做出驚人的行動。

「鈴木小姐，失禮了。」

「咦？啊，哇啊！」

手被握住後，梨香的身體被拉向蘆屋。

光是這樣就讓她的心臟彷彿要爆炸一樣，不過事情還不只如此。

她的腳離開了地面。

等回過神時，梨香已經被蘆屋橫抱起來。

「什什什什什麼，蘆屋先生，這這這是怎麼回事事事。」

「請抓緊我。還有咬緊牙關，以免咬到舌頭。」

「咦，什麼叫抓住舌頭……」

梨香完全沒實行蘆屋在她耳邊輕聲交代的事情。

「哇啊啊啊啊啊啊啊啊啊？」

下一個瞬間，梨香看見了她過去從未目睹過的新宿風景。

那裡是空中。

「呀啊啊啊啊啊啊啊啊啊啊？」

以被丟到不可能的高空的人來說，梨香的反應十分自然，她拚命抓緊支撐自己的蘆屋的脖子。

「為、為、為什麼，咦咦咦咦咦咦？」

「沒錯，這樣會比較穩。我們要稍微移動一下，請妳維持這個姿勢。」

「啊哇哇哇哇哇！」

在天空飛。

自己正被蘆屋抱著，在新宿的天空飛。
這原本應該是像電影或魔法般浪漫的景象和狀況，但實際上一旦突然被丟進這種狀況，梨香這個無法在天空飛翔的人類只能板起臉緊緊抓住蘆屋不放。
夜景很美。被最喜歡的人像公主般抱在懷裡也很開心。
不過突然被迫面對這種高度和寒冷，有點太過刺激了。
梨香完全無法享受這個全世界的少女都曾夢想過的場景，等回過神時已經被放到比周圍還要高上一截的大樓樓頂。
「呼……呼……嚇、嚇、嚇死我了……！」
「對不起。因為有必要盡可能移動到周圍沒有人的地方。」
「這裡……是哪裡？」
「都廳的樓頂。」
「都廳？」
流著冷汗的梨香驚訝地環顧周圍。
「為、為什麼？」
「因為我想找個沒有人在又寬廣的地方。」
蘆屋笑著回答完後，便開始在刮著強風的寬廣直昇機坪上，一點一點地和梨香拉開距離。

「蘆屋先生？」

「妳的心意讓我覺得非常高興。」

「咦？」

「我自己也很意外。我以前明明認為人類是應該唾棄的下賤種族，但在得知鈴木小姐的心意時，我完全不覺得討厭。」

新宿夜晚的光芒，甚至足以蓋過月光。

蘆屋的身影開始消失在陰影中。

「不過遺憾的是，我無法回應鈴木小姐的感情。因為……」

那陣風就和蘆屋剛才在大樓的陰影處邀梨香上來時一樣，帶著陰暗、沉重又冰冷的氣息。

看在梨香眼裡，蘆屋的身影已經完全隱沒在陰影中。不過這是不可能的。

都廳樓頂不是完全沒有能夠遮蔽月光的東西嗎？

不過她甚至無暇推理眼前這幅光景的原因，在蘆屋被黑色陰影包圍的瞬間，颳起了一道比之前更強的風。

「唔，啊！」

胸口突然感到痛苦的梨香，將手撐在地面。

這和之前那些由甜蜜的痛苦或緊張引發的心跳不同。

一陣像是被迫喝下毒藥，或是呼吸的空氣被奪走般前所未有的痛苦襲擊梨香。

「這、這是什麼……」

「因為名叫蘆屋四郎的男人，根本就不存在於這個世界。」

「唔？」

從蘆屋消失的陰影中，傳出梨香從來沒聽過的聲音。

那是既低沉又高亢，非常刺耳的聲音。

「痛苦嗎？這個外表，這個力量才是我真實的姿態。人類啊。妳所看見的一切，不過是我為了隱身在這個日本，隱身在人群之中，所暫時使用的身體和名字而已。」

梨香拚命忍耐呼吸困難的痛苦抬起頭，發現眼前的身影變大了一圈。

走出陰影者的眼神，讓梨香的身體違反自己的意志開始顫抖。

那是人類終究無法捨棄的原始感情——恐懼。

「吾名為艾謝爾。普通的人類連接近都無法接近的惡魔大元帥。如果不想死的話，就別再繼續靠近我。我們的魔力能輕易奪走軟弱人類的性命。」

站在那裡的，是身體被黑色的甲殼覆蓋，梨香從來沒看過的生物。

全身都覆蓋著漆黑甲殼的生物，晃動著分成兩條的不祥尾巴，以散發黯淡光芒的雙眼筆直看向梨香。

「蘆……蘆屋，先生……」

「安特．伊蘇拉的人類們曾因為害怕我的身影而向我屈服。未來我們也將再度為了讓那些人臣服於我們，返回那塊土地。」

「唔……呃，呼！」

因為嘔吐感與眼淚不斷湧出，梨香終於癱倒在地上。

「妳理解了嗎？自己究竟是多麼愚蠢，誤解得有多深，又抱持著多麼無聊的感情。」

「嗚嗚……嗚呃……」

關節就像是發高燒時那樣，開始喀喀作響。

已經變得連正視對方都有困難。

這就是惡魔嗎？

儘管曾經聽說過很多次，但從來沒實際見過的惡魔。

在和這裡不同的遙遠世界殺害人類，並打算支配人類的存在。

梨香耐著壓在自己身上的可怕壓力與恐懼，反覆思考。

「……為……什麼？」

「別問這種無聊的問題。當然是為了不讓區區人類的女人，再度對我們這些高等惡魔產生愚昧的誤會……」

「為什麼，要對我展現這種姿態……！」

「……什麼？」

「雖然……我聽說過，會很痛苦，但沒想到這麼辛苦。唔……就算想靠近，也辦不到。腳，動不了……」

即使如此，梨香依然奮力抬起頭，搶先在恐怖的惡魔回答前說道：

「謝謝你。讓我看你真正的面貌。」

「……唔。」

從艾謝爾身上，傳出些微動搖的氣息。

「如果認為我誤會，或是，覺得我礙事……你也可以消除，我的記憶吧。我都聽說了。可是，為什麼……」

「……」

「好可怕。好痛苦。完全不覺得自己有辦法靠近。好可怕，好可怕……可是……」

梨香沒有拭去自己忍不住流下的淚水，直接對艾謝爾說道：

「即使如此，我還是喜歡你。無論你再怎麼想嚇我，或是為了讓我遠離你而說出殘酷的話，我還是知道你很溫柔。所以，我喜歡你。這才不是，什麼誤會。」

「……」

「你是為了……不讓周圍的人受苦，才來這裡的吧。為了不讓我遭遇危險，才特地拉開距離吧。」

梨香拚命喊道。

雖然她幾乎是用吼的，但不可思議的是，她一開始感覺到的痛苦正逐漸緩和。

「你是為了認真回應我的感情，才對我展現出真面目吧。」

艾謝爾表情不變地看著梨香的臉。

雖然拚命大喊的梨香沒有發現，但艾謝爾唯獨眼神浮現出奇妙的動搖。

「我知道。我知道……沒辦法和你……成為一對戀人……可是，我現在還是能說。我喜歡你。喜歡為了誠實地拒絕我，不惜使用重要力量的你。就只有這份感情，不是什麼誤會。」

然而，這已經是梨香的極限了。

「謝謝你……艾謝爾先生……」

梨香在最後一刻，將身為遙遠世界居民的心上人的真實面貌烙印在自己眼中後，就失去了意識。

※

「然後啊，等我醒來後，人就已經在新宿中央公園的長椅上。蘆屋先生也恢復成人類的外表。他一直向我道歉，反而讓我覺得非常尷尬，與其這麼做，不如直接將我丟在那裡然後神祕地消失還比較好，但他說萬一我發生了什麼事，他會被惠美殺掉，也不曉得該如何向我道歉，總之就是恢復成毫無艾謝爾時的威嚴的平常的蘆屋先生，我也因為自己說過的話感到非常難為情。咦？千穗，妳好像沒什麼在吃東西？」

「嗯……」

千穗根本顧不了肚子餓的事情，只能震懾於梨香的話。

另一方面，梨香則是用難以想像剛經歷一場跨世界的失戀的氣勢，不斷堆積盤子。

「說來好笑，變成惡魔後，身體不是會變大嗎？蘆屋先生說為了避免弄破西裝，他在變身前還先快速地把衣服脫下來。我反射性地問他內衣怎麼辦，他居然回答因為有伸縮性所以沒問題，害我當場笑了出來。不愧是蘆屋先生呢。」

「嗯……」

「然後啊，其實我剛剛才在新宿站和他道別。雖然就這樣直接回去也行，但我實在不想帶著失戀的傷痛回到自己的房間，所以就算覺得不好意思，我還是約千穗出來了。」

「嗯……」

雙手握著裡面的茶早已經冷掉的茶杯，千穗只能點頭。

「雖然之前就有聽說魔力對身體的負擔很大，但實際體驗過後真的很不妙呢。我從剛才開始就一直有關節痛、畏寒、想吐和全身痠痛的症狀，吃了這麼多東西後，才總算有恢復的感覺。」

儘管當事人說自己有恢復，但從梨香的臉色來看，恢復的程度似乎不怎麼理想。

實際上千穗第一次「接觸到魔力」時，身體一直到隔天都覺得不舒服。

雖然不知道是因為身為魔王的真奧的魔力太強，還是近距離承受了真奧、蘆屋和漆原的力量，但至少千穗還記得要不是有惠美的保護，她在那裡就連呼吸都有困難。

之後在千穗接受過鈴乃的治療，並自己學會法術後，就不再會留下後遺症，即使如此，在首次接觸到馬勒布朗契們的魔力時，她依然短暫地感覺到一股刺激神經的不快感。

梨香在沒有人保護的情況下，持續暴露在魔力中直到失去意識。

最讓千穗感到不對勁的，就是蘆屋在從安特．伊蘇拉回來後，明明曾經斷言「日常生活不需要魔力」，卻在梨香面前變身了這件事。

儘管這只是千穗個人的理解，但真奧他們應該要在體內保存一定分量以上的魔力，才有辦法變成「惡魔型態」。

真奧在剛來到日本時，似乎曾經使用剩下的最低限度的魔力，打下生活的基礎，但當時他已經「失去原本的姿態」，墮落成千穗熟悉的人類姿態。

換句話說，現在的蘆屋一直在對大家保密的情況下，將足以恢復成惡魔型態的魔力儲存在體內。

當然考慮到發生過加百列的事情，以及不能完全相信天界已經被封鎖的情報，確實是應該持續警戒周圍的狀況，但如果是這樣，蘆屋應該會直接告訴別人。

然而就千穗所見，真奧和漆原似乎都不曉得這件事。

不對，或許是知道但刻意不讓千穗察覺也不一定。

「……」

千穗立刻在自己心裡否定這個推測。

畢竟如果真奧、蘆屋和漆原三人說好要隱瞞這件事，就無法說明為何蘆屋會在梨香面前露出真面目。

還是為了斬斷梨香的感情，有必要刻意讓她見到那個可怕的姿態呢？

若是如此，那就變成蘆屋早已發現梨香對他的好感，並且一開始就為了這個目的特地準備好魔力。

不過這和千穗對蘆屋的印象不符，也與梨香的話矛盾。

對今天的蘆屋而言，梨香的告白是出乎意料的事情。

蘆屋是個溫柔的男人，所以儘管無法回應梨香的感情，他仍為了讓梨香有理由斬斷自己的

感情而特地使用魔力，對她表現出可怕的態度。

還是相信梨香的說明，從這樣的角度來想，比較合乎千穗對蘆屋的印象。

不過這麼一來，千穗就更搞不懂「蘆屋那麼做的理由」了。

蘆屋應該很清楚梨香和惠美、千穗與鈴乃的關係有多好。

要是梨香告訴她們蘆屋隱藏了足以變身的魔力，好不容易態度軟化的惠美和鈴乃，想必會再次警戒他們。

讓真奧他們和現在的惠美等人再次敵對，應該沒有任何好處。

搞不懂。

就在千穗感到一股難以言喻的不安時，梨香用力嘆了口氣。

「啊～吃得好飽。這裡的東西真的很好吃呢。這年頭，就算是百圓壽司也不能小看呢。」

「啊，那真是太好了……」

「唉……啊。」

梨香將總共十五個盤子疊起來後，誇張地吐了口氣，重新泡茶。

千穗原本明明很餓，但由於梨香的話太過震撼，讓她只吃了五盤。

「我說千穗。」

「是的？」

「妳要加油喔。」

「咦？」

「……唔噗。」

梨香從迴轉盤上拿起第十六個盤子，明明看起來已經很撐了，她依然將海鮮沙拉壽司送進嘴裡。

「那、那個，鈴木小姐，妳是不是在勉強自己吃東西？」

「我要吃。」

「咦？」

說著說著，梨香又拿起第十七盤。

無論怎麼想，這都不是身材纖細的梨香平常的食量。

「如果不這麼做，我會受不了。千穗也來陪我吧。今天我請客。」

「啊，不，這怎麼行。」

「拜託妳。就只有這件事，沒辦法請惠美陪我。」

梨香一面將東西塞進嘴裡，一面伸手拿第十八盤。

「到頭來，我還是搞不懂。就算蘆屋先生接受了我的心意，我一定還是什麼都沒辦法做。蘆屋先生有他追求的未來，而且不是我這個他在日本碰巧認識的普通人有辦法追上的未來……

可是……」

「鈴木小姐……」

將第十八盤放在桌上後，梨香低下頭。

「可是，不可思議的是……雖然沒有任何根據……但我總覺得千穗或許有辦法追上真奧先生追求的未來。如果是從現在開始……如果是還能夠自由選擇未來的千穗……」

「自由選擇未來……咦？」

無法推測出梨香真意的千穗，立刻因為發現某件事而忍不住站了起來。

「別看我這樣，其實我背負的東西，還滿多的呢。」

「鈴木小姐？」

「對不起，雖然我努力過了，但肚子吃飽後，感覺，心情就放鬆了。這裡的東西，真好吃……」

「別、別哭啊，鈴木小姐，沒這回事，因為我……」

「對不起，我明明年紀比較大，卻表現得這麼難看，因為被甩就自暴自棄地拚命吃東西，然後又像這樣哭成一團，對不起。」

「唔……」

千穗立刻從對面的座位起身，衝到梨香身邊。

「沒事，沒事的。」

千穗緊緊抱住梨香的肩膀。

「對不起……千穗，我，明明千穗，一定也很辛苦。」

「沒事的。沒事的。」

「嗚嗚……嗚嗚嗚。」

梨香稍微靠向千穗的肩膀，咬緊牙關說道：

「要是他能乾脆……直接說，以後都不想看到我，就好了……這麼一來，我就能乾脆地放棄……」

「……因為蘆屋先生是個溫柔的人。」

「太溫柔了啦……既然做到那個地步，為什麼還要……那麼慌張地，擔心我的身體……」

「真的是，非常符合蘆屋先生的風格呢。」

「我喜歡他……現在也，依然喜歡他……」

千穗靜靜地抱著梨香，直到她冷靜下來。

與梨香道別時，已經將近晚上八點了。

兩人分開時，梨香已經冷靜下來，在頻頻向千穗道歉後回家，從那道消失在笹塚站剪票口深處的背影，完全看不見平常那個悠然地挑逗千穗和惠美的心，善良的大姊姊。

「鈴木小姐……」

佳織曾勸千穗勇敢面對，以弄清楚自己的感情。

不過正面應對的梨香受到了沉重的打擊，至今仍未整理好自己的心情。

好可怕。

明明告白時完全不這麼覺得，但等答案出來時，自己和真奧的關係是否會出現決定性的分歧呢。

「我到底該怎麼辦才好。」

如果梨香無法整理好自己的心情，她會不會就此不再來笹塚，或是與蘆屋見面呢？

感覺有點不太對。

勇敢面對的人，會覺得即使無法與蘆屋結合，依然想待在他的身邊嗎？

難道不會因為明明待在他的身邊，卻絕對無法觸及他而崩潰嗎？

無論再怎麼思考，都得不到答案。

「咦？千穗？妳這時間在這裡做什麼？」

「哇？」

這時候，背後突然有人呼喚千穗，讓她嚇了一跳。

「艾、艾契斯妹妹？」

站在那裡的是即使天氣寒冷依然咬著巧克力冰棒，提著一個裝滿零食的超市塑膠袋的艾契斯・阿拉。

「妳剛打工完要回家嗎？」

「不、不是，只是剛好在外面吃完飯，準備回家……」

「吃飯？接下來嗎？我可以一起去嗎？」

千穗明明已經說過自己吃完飯了，艾契斯依然不改平常貪吃的個性如此問道，千穗半是傻眼，半是安心地露出微笑。

「遺憾的是，我肚子已經很飽了。而且如果艾契斯妹妹接下來跑去別的地方，冰棒會融化喔。」

千穗一指向艾契斯含在嘴巴裡的巧克力冰棒，艾契斯就像是剛注意到冰棒般點頭。

「嗯，這麼說也對。」

「艾契斯妹妹是一個人出門嗎？」

千穗稍微環視周圍，但並未發現負責照顧艾契斯的真奧、諾爾德或天禰。

「不，我不是一個人。」

「咦？」

明明沒看見其他人，艾契斯卻說自己不是一個人，讓千穗不禁僵住。

「我今天在外面吃完晚餐，正準備回去，沒想到天禰和伊洛恩居然迷路了，我從剛才開始就一直在找他們。」

「唔！」

千穗一聽就掌握了所有的狀況，她默默拿出手機，撥打為了預防緊急狀況而事先登錄的天禰的手機號碼。

『喔，千穗！妳該不會碰到艾契斯了吧？』

只響一聲就接起電話的天禰大口喘著氣，先一步猜出了千穗的意圖。

「嗯，在笹塚站的剪票口遇到了。嗯，好的，沒問題，我等你們。」

千穗苦笑地回應，和天禰約好在她來之前會留住艾契斯後掛斷電話。

「就當作是為了這種狀況也好，真奧應該要買手機給我才對。」

「啊哈哈……」

也不曉得有沒有自覺到自己迷路的事實，千穗一打完電話，艾契斯馬上就像是在展示什麼叫「厚臉皮」般，乾脆地說道。

「話說回來，千穗，妳剛才有和誰在一起嗎？我好像聞到了梨香的味道。」

千穗驚訝地睜大眼睛。

她剛才的確是和梨香在一起，不過沒想到艾契斯居然靠味道就猜出來了。

「虧、虧妳聞得出來呢……啊。」

因為過度驚訝而不小心回答後，千穗才開始焦急。

雖然艾契斯住在公寓旁邊的志波家，但經常出入公寓的各個房間。要是艾契斯之後遇到去接阿拉斯．拉瑪斯的惠美，並說出梨香和千穗在一起的事情，感覺似乎有點不太妙。

梨香遲早會把今天的事情告訴惠美，但要是艾契斯在梨香的心情還沒平復前就告訴惠美這件事，惠美應該會擔心吧。

「那、那個，艾契斯妹妹。關於鈴木小姐來過笹塚的事情，妳能不能幫我保密，就算遊佐小姐後來有回公寓也不要告訴她？」

「咦？為什麼？」

「那個，因為，那個……該怎麼說。」

到底要怎麼說，才能讓艾契斯明白呢。

就算告訴艾契斯這是祕密，感覺她也會自己說出：「梨香和千穗見面了，但這是祕密，不能告訴你們！」話雖如此，又絕對不能告訴她真相。

艾契斯基本上就算沒有惡意，口風依然很鬆。

「明、明天啊，萊拉小姐要招待我們去她家。」

千穗拚命思考就算萬一艾契斯說溜嘴，也不會造成問題的說法。

「媽媽的家？喔~她有家啊。」

雖然是真面目不明的大天使，但有家也很正常吧。

「然後，那個，鈴木小姐平常都是找遊佐小姐商量煩惱，不過遊佐小姐最近忙著處理萊拉小姐的事情，所以她今天才會來找我。」

「喔。我是覺得艾米的想法可以再更靈活一點。」

就連這段期間，艾契斯依然持續啃著冰棒，同時一臉得意地點頭。

「鈴木小姐一定過不久就會去找遊佐小姐談，吶，拜託妳幫我保密一陣子。」

「嗯！既然是這樣，那就沒辦法了！我會幫妳保密！」

「啊哈哈……拜託妳了。」

儘管極為不安，但就算繼續提醒也沒什麼效果。

「不過說到這個。雖然艾米和梨香也是如此，但如果有什麼想說的話，還是早點講出來才不會後悔。我知道妳應該有妳的理由，但看妳這樣，我有時候真的很擔心。」

「咦？什麼意思？」

「嗯？我也和姊姊分開了很長一段時間，所以得在變得無法傳達之前，先把想說的話都說一說，把想吃的東西都吃一吃才行！」

「在變得無法傳達之前……」

雖然最後那句話感覺有點奇怪，不過艾契斯若無其事的一句話，對現在的千穗來說有著沉重的意義。

「艾契斯……有遇過無法傳達的狀況嗎？」

「有一點啦。」

艾契斯以千穗看不懂的尺度，用食指和大拇指比出一段空隙。

「唉，即使如此，我現在還是和姊姊重逢了，就算錯過一次機會，也不代表未來永遠不會有二次機會。不過啊。在下一次機會來臨前，真的會很痛苦喔。」

「……嗯，這樣啊。」

「就是啊！所以千穗也得好好說出該說的話，好好吃完該吃的東西！來！我特別分一個給妳！」

「謝、謝謝。」

雖然搞不太懂話題的方向，但艾契斯塞了一顆泡泡糖給千穗。

「啊！好懷念喔。這還有在賣啊！」

在畫著橘子圖案的小盒子裡，裝了四顆圓形泡泡糖的廉價點心。

「小美說尺寸變得比以前小了，千穗也知道這個嗎？」

「嗯，我喜歡這個橘子口味。」

千穗小時候有段期間特別渴望能吃到口香糖，而她當時纏著母親買給她的第一個口香糖就是這個，沒想到會在這種時候想起來。

明明之後只要一有機會，父母就會買給她，而她也會高興地吹成泡泡，但不曉得從什麼時候開始，她開始對口香糖失去興趣，再也不去注意這些東西。

距離最後一次吃原本最喜歡的橘子口香糖，到底過了多久呢？

「我也在不知不覺間改變了。」

千穗不知道這究竟是成長，還是單純的改變。

唯一能確定的是，自己又再次像這樣想起了小時候的渴望，在重逢前的那段漫長的時間中，千穗不自覺地將這份渴望歸類為過去的東西。

「我不想讓它變成過去。」

「嗯？」

千穗握緊泡泡糖的小盒子，微笑地說道。

「謝謝妳，艾契斯妹妹。我稍微打起精神了。」

「是嗎？雖然我不太清楚，但既然如此妳就多拿一點吧。多吃一點才能更加打起精神。」

「咦？啊，不用給我這麼多啦！」

「別客氣啦！反正又不是花我的錢買的！」

「這樣讓我更想推辭了！謝、謝謝，已經很夠了！」

艾契斯說出比漆原還要惡質的話，最後千穗一共收下了三盒口香糖、兩盒牛奶糖和五根巧克力棒。

既然是放在購物塑膠袋裡，就表示應該都確實結過帳了，但因為難以想像真奧會讓艾契斯帶錢，所以應該都是志波或諾爾德幫忙出的吧。

就在千穗想著這些事情時，她發現牽著伊洛恩的天禰，正快步從車站大廳對面朝這裡走過來。

「千穗！真是幫了大忙！妳剛好出門要回去嗎？」

「妳好，天禰小姐。是的，我今天在外面和朋友吃晚餐……」

「這樣啊。總之謝謝妳的幫忙。喂，艾契斯！不是跟妳說過不能到處亂跑了嗎？咦，那些冰和零食是怎麼回事？」

「她好像是用別人給她的零用錢買的。」

「皮包這麼鬆，不是諾爾德或萊拉，就是小美姑姑吧！」

千穗也持相同的意見。從口香糖來看，這次應該是志波吧。

「真是難以置信。沒想到在吃到飽的店，真的會有店長來喊停！」

「喔、喔……」

都在吃到飽的店吃到店長來喊停了，居然還有餘裕繼續吃冰和零食，這讓千穗不得不重新對艾契斯感到敬畏。

「或許該換找吃完特大份餐點有獎金的那種店比較好也不一定。」

天禰一臉疲憊地嘆道，不過感覺就算這麼做，還是會因為艾契斯的壞習慣而讓餐點剩下一點點，無法達成吃完的目標。

「總之你們兩個都給我回公寓去。千穗，謝謝妳啦！因為要帶這兩個傢伙回去，我沒辦法送妳回家，妳自己路上小心啊。」

「再見，千穗。」

「再會啦，拜拜。」

「各位再見。艾契斯，謝謝妳！」

質點的遠親們像一陣暴風般離開，千穗看著他們的背影，輕輕嘆了口氣。

雖然同情天禰，但看見艾契斯和伊洛恩快樂的背影，千穗稍微想像了一下兩人在變得能像這樣一起歡笑，互相傳達彼此的心意之前，究竟花了多少時間。

即使自己現在的感情無法傳達給對方，千穗也想好好看著這些東西變成過去。

她不想什麼也不做，就讓這些變成未來回想起來時會感到懷念的過去。

「先努力過再說嗎？」

梨香對千穗來說，果然是個很棒的大姊姊。

她以堅強的意志，實行了千穗一直在煩惱的事情。她沒有在無意識的狀態下，將自己的心情送到過去。

「話說回來，這些東西要怎麼辦呢？我又沒有帶包包出來……」

就在千穗煩惱著要怎麼將手上這堆零食帶回家時——

「千穗？妳在這裡做什麼？」

「咦？媽媽！」

母親里穗正好驚訝地從剪票口走出來。

「妳這個壞女兒，居然這時間還在外面閒晃。那堆零食是怎麼回事？」

母親苦笑地從女兒手裡拿了一盒牛奶糖。

「真懷念。我記得妳第一次撒嬌說想要的，就是這個牛奶糖。原來還有在賣啊。」

「咦？什麼。不是口香糖嗎？」

「妳從以前開始就特別貪吃，所以對大部分的點心都有撒嬌過。」

「咦……是這樣嗎？」

「然後呢？妳吃過晚餐了嗎？該不會打算只吃零食吧？」

「啊，嗯，剛好有朋友約我出來吃飯，所以就去了那間迴轉壽司。」

「哎呀，以前光是拿到一顆牛奶糖就很開心的孩子，現在已經變成會自己去吃壽司的有錢人啦。這表示我可以期待下次的母親節囉。」

「嗯、嗯？喔、喔。」

千穗露出曖昧的笑容，將零食放到母親的包包裡，感覺心情變得較為暢快的她，一面和母親閒聊，一面踏上回家的歸途。

※

「啊，艾米！辛苦了！」

「艾契斯？妳怎麼在這種時間出門？」

剛下班的惠美，在公寓前面遇見抱著購物袋的艾契斯後驚訝地問道。

「我和天禰跟伊洛恩出去外面吃飯回來時，在車站和千穗聊了一會兒。」

「和千穗，在這個時間？」

千穗今天應該沒有排班，她這時間在外面做什麼呢？

「姊姊今天在哪一邊啊？」

「在貝爾那裡。因為艾謝爾下午有事要出門，魔王又剛好有排班。」

「這樣啊。我有點事情想問她，可以去鈴乃那裡打擾一下嗎？」

「咦？我想應該是沒關係……不過還是先問一下比較好。」

艾契斯跟在惠美後面，一起走上樓梯。

二〇一號室的燈亮著，因為隱約聽得見蘆屋和漆原在說話，推測蘆屋和梨香的約會應該已經結束的惠美，輕輕點了一下頭。

雖然從外面無法得知，但結果梨香到底說了什麼，蘆屋又做出了什麼樣的反應呢？

儘管內心充滿不安，但現在必須先去接阿拉斯．拉瑪斯。

「貝爾，阿拉斯．拉瑪斯。是我，我回來了，」

「艾米莉亞嗎？」

「媽媽！歡迎回來！」

門的另一端傳來鈴乃和阿拉斯．拉瑪斯的回應聲。

「貝爾，艾契斯說她有點事想問妳，可以讓她進來嗎？」

「嗯？怎麼了？」

鈴乃開門回應，在認出站在惠美後面的艾契斯後，請兩人進房。

「艾契斯也去工作嗎？」
「不是啦，姊姊。我是去買對姊姊來說還太早的零食。」
「零食，我想吃！」
「喂，艾契斯，現在已經很晚了，別讓阿拉斯．拉瑪斯看零食啦。」
「欸～現在才說太慢了啦……」
「不行，阿拉斯．拉瑪斯，明天才能吃零食。」
「啊嗯。」
自從聽說艾契斯和伊洛恩吃了將近五千圓的麥丹勞套餐後，惠美對阿拉斯．拉瑪斯的飲食就變得有點神經質。
為了不讓她變成像艾契斯或伊洛恩那樣暴飲暴食的孩子，惠美最近變得有點嚴厲。
「阿拉斯．拉瑪斯。媽媽是因為怕妳蛀牙才這麼說。妳要忍耐喔。」
「嗚……艾契斯明明就在吃。」
無法接受鈴乃的說明，阿拉斯．拉瑪斯難得不悅地嘟起嘴巴。
看來她是對身為妹妹的艾契斯能做，身為姊姊的自己卻不能做感到不滿。
不過關於成長幅度的問題，實在是無可奈何，就算對她說明，她也不見得能夠理解，於是惠美將阿拉斯．拉瑪斯抱到腿上，一面安撫她，一面向艾契斯問道：

「那麼，妳想問貝爾什麼？」

「其實不只鈴乃，我也有事想問艾米。」

「咦？什麼事？」

「我聽說你們兩個明天要出門，你們要去嗎？」

「「咦？」」

惠美和鈴乃一起發出困惑的聲音。

「妳說要出門，是去哪裡？」

「咦？你們不去嗎？」

「所以說是去哪裡？」

艾契斯像是覺得意外般驚訝地問道，雙方的話完全搭不起來。

「艾米和鈴乃都要去媽媽家吧？我是這麼聽說的。」

「「咦？」」

這次的「咦」是驚訝的「咦」。

「既然艾米和鈴乃都要去，那真奧當然也會去吧，這麼一來，蘆屋和路西菲爾應該也會去吧？」

「咦？等、等一下？妳是從誰那裡聽來的？」

惠美慌張地問道，艾契斯理所當然似的回答：

「剛才千穗跟我說『我們明天要去萊拉家』喔？所以我才以為艾米你們也會去。」

如果千穗也在現場，想必一定會抱著頭蹲下來。

雖然千穗有拜託艾契斯針對梨香的事情保密，但並沒有特別要求她不能說其他的事情。

而且艾契斯會覺得千穗說的「我們」當中，包含平常關係良好的惠美和鈴乃在內也是正常的，至於蘆屋和漆原本來和惠美她們是敵對關係這點，則是超出艾契斯能夠理解的範圍。

不過從惠美的角度來看，她原本就沒告訴千穗會不會去，更沒有和千穗立下任何約定，所以就算被艾契斯這麼說，也只會覺得困擾。

「我、我們不去喔。」

「咦？是嗎？鈴乃也不去嗎？」

「是、是啊。我並沒有打算要去……」

站在惠美和鈴乃的立場，她們完全無法理解艾契斯為何會做出這個結論，總之兩人原本就完全沒打算去萊拉家。

「咦，那千穗說的『我們』，就只有真奧、艾謝爾和路西菲爾嗎？」

「如果妳是說明天的事情，那我也沒聽說艾謝爾和路西菲爾會去。」

「咦？所以明天只有真奧、千穗和我而已嗎？」

艾契斯之所以會擅自把自己算進去，單純只是因為真奧和艾契斯無法離開彼此超過一定的距離。

「我想爸爸應該也會去。」

「爸爸、真奧、千穗和我一起去媽媽家……感覺中途就會找不到話題，讓氣氛變得很尷尬。」

雖然沒想到艾契斯居然會關心這種事情，不過的確難以想像那些成員會聊什麼話題。

「……總而言之，不好意思，我們明天沒打算去萊拉家。如果妳會覺得尷尬，就躲到魔王裡面不就好了？」

「是這樣沒錯啦。不過難得出門，那樣做也有點討厭。」

就在惠美的提議讓艾契斯不悅地嘟起嘴巴時——

「艾契斯，妳要出門嗎？」

阿拉斯．拉瑪斯敏感地對「出門」這個詞產生了反應。

「嗯。我要和真奧跟千穗一起去媽媽家。」

「爸爸和小千姊姊……」

「「唔。」」

坐在惠美腿上的阿拉斯．拉瑪斯開始散發出危險的氣息，惠美和鈴乃一同板起臉。

「媽媽！」

「什、什麼事，阿拉斯．拉……」

「我也要出門！」

注意到阿拉斯．拉瑪斯意志堅定的表情、聲音與被她緊緊握住的手，惠美緊張地說道：

「出、出門？說、說得也是。那我們和艾美拉達姊姊一起去鐵軌旁邊的公園……」

「不要！我想和爸爸一起！」

惠美簡單的敷衍，對阿拉斯．拉瑪斯根本就沒用。

「我跟妳說，爸爸出門是為了，呃，那個，重要的工作喔？不可以打擾他……」

「為什麼艾契斯可以，我就不行！」

「那、那是因為，艾契斯現在比較成熟……」

「不要！我才是姊姊！」

「是、是這樣沒錯……」

或許是因為剛才的零食所造成的反動，阿拉斯．拉瑪斯難得頑固地反駁惠美的話。

「我們不是去工作喔。」

此外艾契斯還一臉茫然地說出這種話，這次換鈴乃慌了手腳。

「艾契斯！艾米莉亞現在不是在說這個！」

「鈴乃，說謊不好喔。雖然在養育小孩時偶爾會這麼做，但要是以為小孩子都看不穿這些謊言，就大錯特錯囉。」

「為什麼妳只有在這種時候會說出這麼正經的話！」

「……媽媽，說謊？」

「阿阿阿拉斯・拉瑪斯，這不是謊話。我沒有說謊！爸爸真的是去工作喔。可是……」

「爸爸、小千姊姊和媽媽的工作一樣！為什麼媽媽不去！」

或許是工作這個詞用得不好，阿拉斯・拉瑪斯全力咬住這點不放。

到了這個地步，惠美想起阿拉斯・拉瑪斯在戰鬥時，偶爾會神祕地變得相當聰明，因為不曉得能蒙混她到什麼程度，惠美頓時慌了手腳。

「所以說，那個，是和平常不同的工作。」

「艾契斯說那不是工作！」

「嗯，不是工作喔。」

「艾契斯！拜託妳稍微看一下氣氛！」

「呃，不好意思，我基本上是站在姊姊這邊的喔。」

「我要出門！和爸爸一起出門——！」

「等等，阿拉斯・拉瑪斯，安靜點！現在已經很晚了……」

「咿────嗚哇哇哇哇哇！我要出門啦啊啊啊啊啊！」

到了這個地步，已經無法收場了。

阿拉斯．拉瑪斯前所未有的生氣，開始嚎啕大哭。

「艾、艾米莉亞！快想點辦法！我、我從來沒碰過這種狀況！」

「我也沒有啊！拜、拜託妳，阿拉斯．拉瑪斯，乖乖聽話……」

「我──也──要──去──啦──！」

「啊～真是的，姊姊好可愛。」

只有艾契斯一個人抱起大哭的阿拉斯．拉瑪斯，不斷磨蹭她的臉。

「怎麼了，發生什麼事了？」

「喂，很吵耶，到底怎麼了？」

「怎麼回事，該不會阿拉斯．拉瑪斯受傷了吧？」

「你們只會讓事情變得更麻煩，不要跟著過來湊熱鬧啊！」

「咿咿咿咿咿咿嗚哇啊啊啊啊啊啊噗啊啊啊啊啊啊！」

再加上或許是聽見了阿拉斯．拉瑪斯的哭聲，公共走廊外面接連傳來真奧、漆原和蘆屋的聲音，阿拉斯．拉瑪斯突然回過神，從艾契斯懷裡跳下來，衝向玄關，惠美和鈴乃見狀，頓時跪倒在地發出哀嘆。

「把——拔——！我要出門啦啊啊啊啊啊啊啊啊！」

「怎、怎麼了，發生什麼事？阿拉斯．拉瑪斯居然哭得這麼厲害，喂，惠美，妳做了什麼！鈴乃，快開門！放心，阿拉斯．拉瑪斯！爸爸在這裡！」

阿拉斯．拉瑪斯一面大哭一面猛敲玄關的門，讓真奧認真發出慌張的聲音。

「我要開門囉。」

在這場混亂中，只有艾契斯一個人從容地走到玄關，未經屋主同意就打開了玄關的鎖，接著一把鼻涕一把眼淚的阿拉斯．拉瑪斯，就衝進在門外等待的真奧的懷裡。

「我要出門啦啊啊啊啊，只有艾契斯可以太狡猾了啊啊啊！」

「啊？她哪裡狡猾了？」

覺得莫名其妙的真奧向惠美和鈴乃求助，但大受打擊的兩人毫無回應，更加增添了真奧的混亂。

「真奧，你明天要去媽媽家吧？」

「咦？喔，妳是說萊拉的家嗎？」

「姊姊也想一起去。」

「啊？所、所以她才哭得這麼厲害嗎？」

「嗚哇哇哇哇哇哇哇……嗚……嗚……」

「好乖好乖，冷靜點冷靜點…………喂，惠美。」

「………………………………什麼事？」

惠美整整隔了十秒，才連頭都沒抬地悄聲回答。

「妳該不會不打算去吧？」

「………………………………………………嗯。」

結果除了鈴乃以外，惠美沒告訴任何人自己拒絕了萊拉的邀請。

她作夢也沒想到這件事居然會以這樣的形式敗露。

「喂喂……」

真奧皺起眉頭，然後交互看向阿拉斯．拉瑪斯和惠美。

「妳覺得這情況能用一句不想去就解決嗎？」

「……不能中途交給你和千穗照顧，我待在別的地方不見萊拉嗎？」

「妳是笨蛋嗎？」

真奧乾脆地踢飛惠美無謂的掙扎。

「萊拉只說會來新宿接我們，誰都不知道後來要去哪裡。要是中途距離拉得太長，讓妳和阿拉斯．拉瑪斯恢復成融合狀態，妳打算怎麼說明。」

「……………嗚嗚。」

惠美不死心地呻吟。坦白講，她現在還是不想了解萊拉的事情。

若更加了解萊拉，惠美對母親的怒氣，或許就會像面對真奧時那樣逐漸減弱。

不過就算不再氣萊拉，惠美也不認為兩人能變得像普通的母女那樣。

她感到害怕。

因為要是更加了解萊拉，她不曉得自己以後該如何應對萊拉。

而且惠美和千穗針對真奧想法的落差，也還找不到任何解決的方法。

不過真奧冷靜地道破再次於惠美內心蠢蠢欲動的軟弱。

「如果妳無論如何都不願意，那我也不會勉強妳，不過阿拉斯．拉瑪斯的要求並不算是非常任性。要是妳沒辦法說服她，讓你們的關係變得像妳和萊拉那樣，我可不管喔。」

「……唔！」

阿拉斯．拉瑪斯很少會生氣。

她平常是個聽話的好孩子，也能確實分辨什麼叫做壞事。

所以要是被她看穿惠美只是自己不想去，無法保證阿拉斯．拉瑪斯將來不會對惠美抱持不信任感。

畢竟惠美現在對萊拉表現的拒絕態度，只是因為單純不想正視自己的困惑，基於消極的理由所產生的拒絕。

萊拉那邊正一點一點了解這邊的狀況，做出讓步，這點惠美也很清楚。

惠美缺少能讓自己下定決心絕對不去的材料，而阿拉斯．拉瑪斯雖然不了解具體的狀況，依然敏感地察覺惠美內心的迷惘，所以才會不肯聽話。

「看來只能乖乖死心了吧！」

「……」

艾契斯該不會是知道這點，才故意這麼做的吧？

儘管惠美甚至產生這樣的疑問，但也沒有方法能夠確認。

惠美放棄般的抬起頭——

「媽媽……」

「惠美。」

與阿拉斯．拉瑪斯哭腫的臉和真奧認真的表情對上視線。

「…………我知道了。我會去啦。」

惠美努力擠出聲音回答，她放棄了。

魔王與勇者，正視眼前的現實

京王線新宿站西側出口的剪票口前，這裡昨天才剛發生過一場不為人知又充滿戲劇性的事件，今天就聚集了比想像中還要多的人。

「喂！艾契斯！別到處亂晃！多學學伊洛恩！」

「天禰，就算妳這麼說我也沒辦法！我聞到了咖哩的味道！這叫我怎麼不興奮！」

「咖哩的辛香料才沒那種效果！艾契斯，要是妳不乖一點，我就再把妳關起來喔！」

「明明出門前才在魔王那裡吃了那麼多飯……可憐的艾謝爾都快哭了。」

「伊洛恩，你的身體狀況沒問題吧。會不會害怕搭電車？」

「謝謝你，諾爾德。放心。我不怕。」

「倒不如說～～應該是電車會怕他～……」

「艾美拉達小姐，噓！伊洛恩很在意那件事啦！」

「哎呀～這車站還是一樣很多人呢！喂，艾米莉亞！妳能不能幫我說說她，這孩子也差不多該習慣我了吧？」

「我拒絕。如果想要阿拉斯．拉瑪斯習慣你，就從她的眼前消失吧。」

「嗚嗚……為什麼假白臉也在……」

在即將進入下班時段的傍晚，這麼多的人數如果不擠到角落，就會妨礙到人潮移動。

參加這個萊拉的日本住處訪問團的人數在短期內突然暴增，除了一開始的真奧、千穗和艾契斯以外，又多加了惠美、阿拉斯．拉瑪斯、鈴乃、諾爾德、伊洛恩、天禰和艾美拉達，最後甚至連加百列都來了。

「就是啊，天禰小姐，為什麼加百列也在啊。」

在這些成員當中，明顯只有加百列一個人無論立場還是打扮都顯得特別突兀。

對真奧和惠美來說，加百列原本就是明確的敵人，而且明明天氣這麼冷，他卻和平常一樣穿著長袍配T恤。

「哎呀，因為伊洛恩說要搭電車出門，根據昨天的經驗，如果只有我一個人可能會無法應付突發狀況。」

「……伊洛恩，要吃咖哩嗎？艾契斯也一起。」

「咦！可以嗎，爸爸！」

「可以嗎？」

「諾爾德那傢伙，又寵他們了。」

一聽見天禰開始說明伊洛恩的危險性，諾爾德馬上就邀伊洛恩去剪票口旁邊的立食咖哩店，艾契斯也一起同行。

平常的真奧應該會阻止，但因為他能理解諾爾德不希望伊洛恩聽見纖細話題的苦心，所以最終還是沒有制止。

「沒錯，我今天是來幫天禰姊的忙。小美事先有好好交代過我，放心吧，我不會對你們怎麼樣。」

「叫什麼天禰姊啊……」

儘管也有單純的實力差距的問題，但加百列不知為何和志波非常親暱，而且還對志波言聽計從，這是聚集在Villa・Rosa笹塚的人們共通的謎團。

「雖然現在是處於安定狀態，但還不知道阿拉斯・拉瑪斯妹妹或艾契斯妹妹會因為什麼契機失控，在最壞的情況下，我可能必須一個人應付三個質點。當然會想要多個保鏢。」

「唉，姑且不論『嚴峻』，我對『基礎』在某種程度上算是已經很熟了，所以交給我……話說這邊有對夫婦露出了恐怖的表情，所以我是希望什麼事都不要發生。」

「「誰是夫婦啊（啦）！」」

「「「……真有默契……」」」

真奧和惠美異口同聲地恐嚇加百列，千穗、鈴乃和艾美拉達像是覺得傻眼般，同時嘆了口氣。

不過加百列說的沒錯，惠美就曾經看過阿拉斯・拉瑪斯為了尋找艾契斯而失控的瞬間。

真奧想起在安特．伊蘇拉東大陸與卡邁爾等人戰鬥時，艾契斯也曾經突然變得凶報，因此不得不同意天禰的說法。

「不過話說回來～～讓伊洛恩和艾契斯從現在開始吃咖哩沒問題嗎～～？我們是和萊拉約八點吧～～？只剩下五分鐘……」

鈴乃若無其事地回答艾美拉達的疑問。

「放心吧，艾美拉達小姐。這對艾契斯來說不是什麼問題。」

「妳看，他們已經出來了。」

千穗也毫不在意地隨手指向店家的方向。

「咦？會、會不會太快了～～？」

距離諾爾德、伊洛恩和艾契斯走進店內，還不到三分鐘。

「嗯，這樣應該能再撐三十分鐘。」

「真好吃……」

「唔噗……」

和一臉從容的艾契斯與伊洛恩相比，諾爾德臉色蒼白地摀著嘴巴。

「你居然這麼老實地陪他們一起吃。」

惠美發現在三人的背後，店裡的客人們正以驚訝的眼神從入口看向這裡，再看看父親的樣

子，就知道店內大概發生了什麼事情。

「爸爸，你還好吧？」

明明就不用勉強自己配合艾契斯和伊洛恩的速度吃東西。

「勉、勉勉強強……不、不過，艾米莉亞，我剛才得知這個國家的其中一個真相了。」

「咦？」

諾爾德側眼看向正在讓千穗幫忙擦嘴巴的艾契斯與伊洛恩，開口說道：

「原來咖哩真的是用來喝的。」

「……」

就算告訴他這句話原本不是這個意思，也沒有意義。

「那就是因為有害健康，而被世間廢止的『一口乾』嗎……」

面對父親的這番話，讓惠美好像能夠理解又好像不能理解同時也不想理解。

真要說起來，以父親的立場來說，在看見艾契斯和伊洛恩以那種方式吃飯時，他應該要勸諫他們才對。

「我得好好管理阿拉斯．拉瑪斯的飲食才行。」

「又只有艾契斯……嗚嗚。」

在下定決心的惠美懷裡，阿拉斯．拉瑪斯再次不滿地嘟起嘴巴，就在這個時候。

「艾米莉亞？」

一道高亢的聲音，讓在場的所有人都轉過頭。

「…………萊拉。」

站在那裡的，是在普通的牛仔褲上方披了一件羽絨外套的萊拉。

因為太過驚訝而睜大眼睛的她，雙手摀著嘴巴，淚眼汪汪地看向惠美。

「妳……願意來嗎？」

「我可不是因為自己想來。」

由於萊拉散發出彷彿隨時都會抱過來的氣息，惠美重新抱緊阿拉斯．拉瑪斯，邊警戒邊拉開距離。

「不，沒關係。這樣也無所謂。謝謝妳，願意空出時間。」

「……」

無法直視萊拉喜極而泣的表情，惠美默默地偏過臉。

就算只有一瞬間，惠美也不希望自己因為看見萊拉高興的樣子，而覺得幸好自己有來。

看見惠美的態度，諾爾德摀著嘴巴深深點頭。

「也謝謝大家……特地空出時間來。」

萊拉稍微擦了一下眼角，重新對站在惠美和諾爾德後面的真奧等人深深低下頭。

「不用算我和小加沒關係。我們只是遵照小美姑姑的命令，用來預防萬一的保鏢。」
「即使如此，還是很感謝你們。伊洛恩能放心出門，都是託天爾小姐的福。」
「……是啊。」
伊洛恩坦率地點頭。
「其實你們原本有能夠自由生活的地方……」
萊拉摸著伊洛恩的黑髮，寂寞地低下頭。
「只是被我們搶走了。」
「又不是只有萊拉不好。」
伊洛恩稍微加快語氣說道。
「雖然我是真的覺得不好意思，但這些話應該不適合站在這裡說吧？」
加百列以極為輕浮的口氣，對沮喪的萊拉說道。
「而且除了伊洛恩、艾契斯．阿拉和那個小女孩以外，大家都掌握了大致的狀況吧？」
「我大概……算了解吧。」
千穗困惑地回答。
加百列應該是在說之前那個關於世界危機的檔案吧。
千穗也大致讀過了一遍，真奧和諾爾德，以及從很久以前就認識萊拉的天禰，應該也都知道這些資訊了。

不過，惠美和艾美拉達幾乎沒和萊拉接觸過，鈴乃也為了配合惠美，沒和萊拉進行過明顯的交流。

作為真奧與萊拉的交涉見證人，蘆屋和漆原在某種程度上應該聽過這些事情，但萊拉這個話題的前提是「人類」有危險，因此身為惡魔的他們，打從一開始看起來就沒什麼興趣。

再加上千穗對蘆屋抱持著一件說是擔憂也未免太過輕微，但又絕對不能無視的擔憂。

蘆屋隱藏了足以在梨香面前恢復成惡魔型態的魔力，真奧是否也知道這件事呢？

千穗完全不認為蘆屋有可能背叛真奧。

但他也不太可能毫無理由就採取這種行動。

蘆屋今天沒來參加這場聚會。

千穗聽到的理由，是為了避免原本就不想來的漆原在家亂來，不過千穗怎麼樣都無法認為對蘆屋來說，「監視漆原」這件事會比「陪同真奧與萊拉進行進一步的接觸」還要重要。

雖然千穗無法擺脫這股像是在吃漢堡肉時咬到筋般的異樣感，但要是隨便找人商量這件事，有可能會傷害到梨香的自尊。

千穗的不安，也顯露在表情上，但或許是將這解讀為對加百列的發言產生的疑惑，萊拉在朝千穗微笑了一下後，對加百列說道：

「加百列。現在別提那件事。我還沒達成與撒旦的交涉條件。」

「好好好。」

萊拉以嚴厲的語氣訓斥完加百列後，重新轉向所有人。

「各位或許已經聽天禰小姐或志波小姐說過了，我在日本時，是暫住在練馬。」

「練馬？」

「這麼近……」

「離三鷹不曉得算近還是算遠。」

驚訝的人分別是真奧、惠美和諾爾德。

「我經常去富島園那裡幫忙呢。」

「是這樣嗎？」

萊拉也驚訝地睜大眼睛。

從新宿去練馬，最簡單的交通方式就是搭乘都營大江戶線開往光丘的電車。

真奧所說的富島園，是都內少數的遊樂園之一，如果要去那裡，就必須從練馬轉搭西武池袋線的支線。

麥丹勞富島園店，是開在那座遊樂園內的分店，由於木崎的同僚兼青梅竹馬水島由姬在那裡擔任店長，因此偶爾會調派人員去那裡幫忙。

「雖然我沒去過富島園，但總之我家就住在距離練馬站走路只要五分鐘的公寓。那裡也是志波小姐的資產，她有幫我把租金算便宜一點。我有工作時，就會從那裡通勤到新宿。」

「工作？」

千穗問道。

「嗯。我今天應該也能回答千穗小姐的疑問。就是我在日本過著什麼樣的生活。」

「這樣啊……咦，奇怪？」

千穗表情複雜地點頭，接著突然發現一件事。

「萊拉小姐，妳的臉色看起來好像有點不太好？」

「咦？」

面對千穗的指摘，萊拉不知為何做出類似慘叫的回應。

「這麼說來，妳的眼睛周圍好像有黑眼圈呢。」

天禰也毫不客氣地接在千穗後面說道。

「啊，那是，那個……」

萊拉突然狼狽地移開視線，然後和諾爾德對上眼。

「呃，雖然我之前也有說過。」

「嗯。」

「你、你不驚訝嗎?」

「怎、怎麼了?」

「我努力過了。雖然努力過了……那個,因為我之前太忙,所以擱置了太久,只有一天處理根本就不夠。」

在場的所有人,都無法理解萊拉究竟在說什麼。

「總、總之,那個,我們先移動吧!只要搭大江戶線就行了!」

臉色變得更差的萊拉,刻意大聲喊道,然後開始走在最前面引導大家。

「……那是怎樣?」

「我不知道……」

真奧和諾爾德從頭到尾都對莫名激動的萊拉感到疑惑,但總之所有人都先跟在萊拉的後面移動。

穿過京王商場,通過位於右手邊的大江戶線剪票口後,來到地下深處的一行人,正好碰到開往光丘的電車進站。

大江戶線和其他都內的鐵路不同,不僅車體的規格小了一點,形狀也較為獨特。

在注意到這點後,姑且不論艾契斯和阿拉斯·拉瑪斯,就連鈴乃和艾美拉達都難得激動地四處張望,開始環視周圍,讓真奧感到厭煩。

坐到諾爾德旁邊的萊拉，偶爾會對惠美投以視線，每次不小心和她對上眼，惠美都會慌張地移開視線，導致惠美不自然地頻頻看向千穗，害因為搭慣大江戶線而不覺得特別稀奇的真奧覺得非常尷尬。

過不久，電車抵達練馬站，回到地面後，一行人又在萊拉的帶領下走在練馬的街道上。出剪票口後右轉，馬上就會來到一條和鐵路平行的大馬路。

看著右手邊的練馬區公所，再往住宅區裡走五分鐘後。

「……這裡就是我住的公寓。我住在三樓。」

萊拉在一棟看起來非常普通的十層樓公寓面前停下腳步。

這棟擁有米色外牆的建築，看起來就像是普通的套房公寓。

「到目前為止都沒什麼好驚訝的。」

諾爾德有些困惑地說道。

「和魔王撒旦住的那棟公寓相比，天使就算住在這棟公寓也沒什麼特別的。」

「話雖如此，這裡的租金似乎也不像沙利葉大人住的那棟公寓那麼貴。」

看來鈴乃的感想也差不多。

「其實我應該要覺得驚訝才對……」

在這堆人當中唯一的普通人千穗，略帶苦笑地說道。

對長期目睹魔王與天使這些人的真實生活的千穗來說，現在即使神明就住在隔壁，她也不會感到驚訝。

「這裡感覺好無聊。」

然後在最後的最後，艾契斯做出無情的評論。

「這、這裡的生活環境不錯喔！因為是在大馬路後面，所以不用擔心車子很吵，離可以買東西的店和區公所又近，就算從車站來這裡也……」

「那種事情不重要。在看到裡面之前，我都不會相信妳。」

真奧厭煩地催促萊拉。

「啊，嗯……」

不過來到這裡後，萊拉突然擺出猶豫不決的態度。

「……喂，真的是這裡吧？」

「我、我真的住在這裡喔。對吧，天禰小姐！」

萊拉慌張地求助天禰。

「是啊。姑且和我聽說的一致，真奧老弟，你看那裡。」

「嗯？」

真奧一看向天禰用下巴指示的方向，就發現一塊寫著像是這棟公寓名稱的金屬門牌。

「Royal Lily豐玉園……」

樸素的公寓搭配這種名稱，的確像是志波的風格。

「我只是，需要一點心理準備。呼……總之，大家請進吧。電梯很寬，應該夠大家一起搭。」

萊拉下定決心走向大廳。

「……吶，小千。」

「是、是的？」

真奧走在隊伍的最後面，小聲向千穗搭話。

突然被真奧輕聲呼喚，讓千穗忍不住挺直背脊。

「不好意思，能麻煩妳幫忙看仔細一點嗎？」

「看、看仔細一點，是指萊拉小姐的房間嗎？」

千穗不自覺地跟著放低音量。

「嗯。看仔細萊拉是不是真的住在這裡，有沒有生活的跡象之類的。」

「生活的跡象？」

「以一個女人獨居生活來說，有沒有不自然的地方。」

真奧皺起眉頭低喃道。

「我不知道一個女人住的家長什麼樣子，就算她只是做個樣子，我可能也看不出來。如果實際從女性的角度來看，發現了什麼不自然或奇怪的地方，不管是什麼小事，都希望妳能告訴我。」

「我、我也沒有這方面的自信……啊。」

就在他們邊說話邊走進大廳時，電梯剛好到了。

「啊，對、對不起，請搭下一班電梯……」

電梯一下就坐滿了，只剩下真奧和千穗被留在外面。

仔細想想，今天包含萊拉在內，總共有十二個人一起行動。

以套房公寓的電梯來說，應該算是非常勉強的人數。

若是大型公寓，或許會另外附設供搬家業者使用的大型電梯，但這裡似乎只有一座電梯。

「沒關係。是三樓吧？我們走樓梯上去。」

「不好意思。那上面見啦。」

真奧一說完，站在前面的加百列就按下關門鍵，電梯的門毫不留情地關閉。

聽著電梯上樓時的馬達聲——

「……不好意思，總是麻煩妳。」

真奧看著關閉的電梯門低喃道。

「我知道我太依賴小千了。」

「咦……」

真奧出人意料的一句話，讓千穗倒抽了一口氣。

「我每次都仗著小千接受我這件事，讓妳陪我一起行動，每次也都像這樣在各種場面，讓小千一個人吃虧。真的很對不起。」

在配合真奧後，千穗不知不覺就變得必須爬樓梯。

「那個……沒關係啦，因為我是自願這麼做……」

「即使如此，我也不該沒考慮到妳內心深處的心情，就這樣一直利用妳，蘆屋昨天也把我罵得很慘。」

「咦？」

在意外的地方聽見蘆屋的名字，讓千穗再次吃了一驚。

是昨天的什麼時候？

為什麼蘆屋要對真奧說那種話？

不過真奧沒有回答千穗的疑問，苦笑地說道：

「那傢伙上次那麼生氣，是什麼時候的事情呢。前天也發生了很多事，漆原也難得會看氣氛沒有插嘴，真的是如坐針氈啊。」

雖然千穗不知道「前天發生了很多事」和「那麼生氣」是什麼意思。

但既然真奧都這麼說了，不難想像那和千穗過去數次目擊的蘆屋激怒場景有明顯的區別。

「只是……小千總是對我很溫柔，所以不知不覺就……這次也很對不起妳。」

不曉得是因為在迷惘、在慎選言詞，還是真奧自己也還沒整理好自己的心情，他吞吞吐吐地說道。

「不行啊。我說得亂七八糟的。」

真奧尷尬地搔著頭。

「那個，如果對妳造成了負擔，還是早點……」

「我最近也經常在想真奧哥是不是忘記了。」

在聽見負擔這個詞的瞬間，千穗不自覺地開口。

「我很久以前就說過了吧。我喜歡真奧哥。」

「咦？」

千穗直率的回答，讓真奧忍不住發出慘叫。

「我一點都不覺得是負擔，能被真奧哥信賴，讓我覺得很高興，就算被真奧哥依賴也完全沒問題。」

千穗稍微翹起嘴巴，瞪向真奧。

「我好歹也是個女孩子，所以就算只有一點點也好，我想知道你信賴我，和依賴我的理由。可以的話，最好是由真奧哥親口說出來。」

「呃，那個……」

千穗發現自己反射性說出來的話裡，意外隱藏了能解開自己心中那股煩悶的答案。

「我不懷疑真奧哥的信賴，也不覺得是負擔。不過，其實我一直不知道真奧哥為什麼會這麼信賴我。」

自己既不像惠美或鈴乃那麼強，又不像蘆屋或漆原那樣和真奧認識很久，也沒像萊拉那樣救過他的性命。

自己不過是個打工處的後輩，為什麼能讓真奧如此信賴。

當然人際關係中的信賴，原本就大多建立在平常累積的許多小事，或是曖昧的印象上，但正因為如此，在客觀地檢視過自己的立場後，千穗不得不承認自己不足以讓真奧寄予特別的信賴。

既不會戰鬥，也無法支持對方的生活，就連種族、故鄉和境遇都完全不同，為什麼真奧會信賴這樣的自己？

「你總有一天，會告訴我吧？」

如果這個問題真的有答案，那恐怕就幾乎等於是真奧對千穗的好意所做出的明確回應。

至少那個答案，不用急著在樓上還有人在等的時候催促。

「……坦白講我自己現在也還……」

「不知道也沒關係。不過等你知道之後，一定要第一個告訴我喔。」

「……我知道了，我答應妳。」

如果佳織在場，一定又會斥責讓真奧繼續拖延下去的千穗太天真了。

不過，這已經是千穗的極限了。

在接下來與萊拉的對談中，光是做出一個決定，就可能讓真奧陷入攸關性命的重要局面，在這種時候要他剖析人際關係，只會帶給他壓力。

千穗不希望自己成為真奧的壓力來源。

「我們走吧。萊拉小姐他們還在上面等呢。」

「……嗯。」

在千穗的催促下，真奧慢吞吞地走向位於大廳旁邊的樓梯。

真奧充滿迷惘的動作，讓千穗同時感受到一股無法自拔的悲傷，以及知道真奧正在認真考慮自己的事情的喜悅，她忍不住從後面抓住真奧的手，自己跑到前面拉著他走。

「小千？」

「如果不快一點，遊佐小姐他們會生氣喔。」

快步跑上迴盪著腳步聲的公共樓梯，千穗確認著從真奧的手傳來的觸感。
進入冬天後，空氣開始變得乾燥，每天忙著打工的真奧的手摸起來冰冷又有點乾燥。
這道有點粗糙的觸感，讓千穗想起第一次和真奧牽手時的事情。
當時正是千穗從憧憬萌生的戀愛感情開始變得穩固的時期，對那時候的她來說，握住這隻手是需要鼓起人生最大勇氣的一大決心。
『可以……牽……你的手嗎？』
『就這樣？可以啊。』
在自己的手感覺到新的體溫的瞬間，心臟彷彿就要從嘴巴裡跳出來。
因為太過驚訝與高興，所以千穗不太記得當時真奧的手是什麼樣子。
不過千穗確信真奧在被自己牽住手後反射性回握的溫柔力道，和那時候是一樣的。
她在內心累積了許多這樣的確信。
「雖然這樣會帶給你壓力！」
「咦？」
「但只要是和真奧哥一起，比起電梯，我更想慢慢爬樓梯上去！」
「這、這是什麼意思？」
「就是字面上的意思。」

混亂的真奧，應該沒發現千穗話中的真意吧。

不過，現在這樣就好了。

千穗感覺這幾天沉澱在自己心中的黑暗，終於逐漸消失了。

「樓梯不好找嗎？」

萊拉在三樓擔心地等待。

「只是在大廳那裡耽擱了一點時間。不好意思，讓你們久等了。」

千穗搶在真奧之前回答，輕輕低下頭致歉。

萊拉看起來並未特別起疑。

「我才不好意思，居然讓你們走樓梯。那麼，我就住在那個三〇六號房。」

她改變話題，指向一個位於走廊角落的房間。

「雖然我也有先跟大家說過……那個，不要太驚訝喔。」

萊拉煩人地提醒，這下就連千穗也感到不安了。

儘管千穗想按照真奧的請求仔細觀察，但她忍不住做出房間本身和亞空間連結，或是只要一開門就會飛到異世界等奇怪的想像。

萊拉從外套口袋裡拿出鑰匙插入鑰匙孔，在用力嘆了口氣後，轉頭看向諾爾德和惠美。

「又要為你們帶來痛苦……應該說是難為情的回憶了。」

「「啊？」」

「真的很對不起！這裡就是我在日本的家！」

萊拉像是終於死心般開鎖，用力打開大門。

「這、這是…………？」

然後首先發出驚嘆的，是萊拉的丈夫，諾爾德。

※

「那真是太糟糕了……怎麼可能叫人不要驚訝。」

「好厲害……這已經不是有沒有生活跡象的問題了。」

真奧和千穗傻眼地聊著。

「就連路西菲爾也沒那麼誇張。」

「我自己也沒什麼資格評論別人的生活態度～～但那實在是……」

鈴乃和艾美拉達也困惑不已。

「雖然遊佐妹妹家之前才有過一場家庭爭議，不過真虧諾爾德沒說要離婚呢。」

「聽說生活態度的差異，在離婚原因中的排名很高呢。」

天禰和加百列一副事不關己的樣子。

「好吃！」

「真好吃。」

艾契斯和伊洛恩就算看見那幅光景，好像也沒什麼特別的感想，他們一如往常地在練馬站裡的摩茲漢堡叫了多到恐怖的餐點，展現平常的食慾，讓真奧和天禰大為懊惱。

「真奧！這裡的薯條比麥丹勞粗耶！」

「……是喔。」

「可是漢堡比較不方便吃。會一直掉。」

這兩個徹底我行我素的質點之子，讓真奧一想到阿拉斯．拉瑪斯的未來就開始頭暈。

「所以呢？魔王可以接受萊拉了嗎？」

「誰有辦法接受那種東西啊。」

被喝著西印度櫻桃重蘇打的加百列這麼一問，真奧臉色蒼白地搖頭。

他的確想知道萊拉過著什麼樣的生活，但沒想到居然會是那副德性。

就連天禰和加百列說的離婚話題，也讓人沒來由地覺得不是在開玩笑的。

※

「這……這是什麼……」

第一個出聲的是惠美。

「居然這麼……」

諾爾德也跟著發出呻吟。

「……對不起，我努力過了，但時間實在太趕。」

萊拉一個人開著玄關大門，愧疚地低下頭。

「媽媽，房間好暗。」

「真的假的……」

「唔哇……」

「這、這是……」

「喔喔～～」

「……好像很窄。」

「這、這可以進去嗎？」

「真是糟糕。」

一行人各自發出不曉得是驚訝還是傻眼的聲音，艾契斯在最後補上一句：

「根本是亂七八糟嘛。」

替大家做出結論。

那已經不能稱做房間了。

這裡原本應該是有附廚房和獨立衛浴，約四坪大的套房，但從玄關看進去，實在無法分辨哪裡是廚房，哪裡是房間。

淹沒房間的東西中，約有四成是書籍、兩成是衣物、一成是紙箱，其餘則是被擁擠地堆在一起，只能用雜物來形容的物品。

不是被收起來，而是被堆起來。

原本用來收納衣物和棉被的衣櫥大大敞開，一根像曬衣棒的東西從裡面延伸到房間的另一端，掛在上面的各種衣物像厚重的窗簾般，妨礙了房間的採光。

房間裡沒有書架，未按照尺寸堆疊起來的書本傾斜地從牆壁延伸到房間中間，看起來就像是個磨缽。

磨缽中央有塊像是布的東西，宛如鳥巢般盤踞在那裡。

推測是廚房和房間分界的地方，放了一張漆原平常使用的長型電腦桌，上面還擺了一臺即

使看在惠美眼裡，也明顯有點年代的電腦螢幕。

「我好歹也算是……有努力整理過了……」

「「咦？」」

丈夫和女兒一同板起臉。

「那個，沒去笹塚公寓的那幾天，我的工作很忙……」

「工作……說到這個，妳的工作是什麼……」

「嗯，其實啊。」

萊拉有些難以啟齒似的轉頭看向千穗。

「咦？」

「其實我在當護理師。而且好歹有通過國家考試。雖然不是正職，只是臨時工，但我最近在西海大學醫學院附設醫院東京分院……」

現場暫時陷入一陣沉默——

「「「咦咦咦咦咦咦咦咦咦咦咦咦？」」」

接著惠美、千穗、鈴乃和真奧同時大喊。

「那、那不是千穗和路西菲爾住院的醫院嗎？」

「護、護理師，萊拉小姐有護理師執照嗎？」

「會出現在那間醫院，原來不是偶然啊？」

惠美、千穗和鈴乃都大為慌亂，就連真奧也難掩驚訝。

「喂，諾爾德，你知道這件事嗎？」

「不、不，我只聽說她從事和醫療有關的工作，並不曉得具體地點……話說護理師執照應該沒那麼容易取得吧？」

「嗯。雖然我不知道詳情，但應該不是一年就有辦法取得的東西。」

萊拉包含了多重驚人事實的生活，讓每個人都難掩動搖。

「啊，那個，我沒有說謊喔。是真的。就只有護理師資格的證照，我為了怕被蓋住，還特地裱框掛了起來。那、那個，因為不習慣走起來可能會跌倒，我去拿給你們看。」

不習慣走起來就會跌倒的房間，到底是什麼樣的房間呢？該不會在哪裡設了絆腳陷阱吧？

總之萊拉脫下鞋子，走進房間。

「啊，好痛！啊，好、好像勾到什麼了……」

在傳出一陣艱苦奮戰的聲音後，萊拉帶著一個薄薄的方框回來。

「你、你們看！」

裡面確實裝了一張記載了護理專科學校校名與超過十年以前的日期的畢業證書，以及通知考試合格的證書。

至於寫在上面的名字——

「萊拉．尤斯提納……妳居然直接用這個名字？」

看見上面光明正大地寫著尤斯提納這個姓，惠美驚訝地問道。

「嗯。我是歸化外國人。一開始是靠留學簽證上專科學校，過了五年後才提出歸化申請。多虧志波小姐親戚的幫忙，我的出身被設定為英國人。」

不過就這樣大刺刺地使用本名，對逃避天界的追兵難道不會造成問題嗎？

「我也不是沒想過使用日本的名字。不過一想到歸化就代表這個名字將被這個世界認同為在某個國家生活的『人類』，我無論如何都想使用本名。我希望能有個世界接受這個認同我是人類的人的名字。」

萊拉似乎也是有所覺悟才沒有改名。

順帶一提，雖然只有惠美、鈴乃和艾美拉達發現，但在場的所有人都在不知情的情況下被放了閃光彈。

因為萊拉就只是想用冠了諾爾德姓的名字，來登錄日本的戶籍。

「這樣你們就能明白，我在這個國家也有確實的據點了吧。」

惠美煩惱著該如何回答萊拉的問題。

萊拉以比惠美想像中還要明確的形式，在日本這個地方腳踏實地生活。

雖然從房間的樣子來看，也讓人感覺像是陷入了泥沼。

「啊，那、那個，因為我最近會去上班，所以如果需要我在醫院工作的證據，只要大家願意在那天去醫院，我就會想辦法空出時間！」

或許是將惠美的困惑解讀為懷疑，萊拉慌張地補充。

「吶，如果妳還是覺得不安，我可以現在去拿住民票，在這個房間的某處，應該也找得到電費或瓦斯費的帳單，還有，那個……」

萊拉開始將心思集中在惠美身上，努力想讓她更加了解自己的生活。

「……爸爸，你有什麼感想？」

「咦？嗯、嗯。」

為了讓萊拉想起這裡還有其他人在，惠美姑且先將話題丟給諾爾德。

接著諾爾德緊張地摸著自己下巴的鬍子，戰戰兢兢地問道：

「萊、萊拉。」

「是、是的……」

「根據我的記憶……妳的生活習慣應該沒這麼糟糕啊。」

「對、對不起！那個，因為我同時要忙包含醫院和安特．伊蘇拉在內的許多事情，所以這裡幾乎只有用來睡覺！」

心愛的丈夫這句可以說是失望也可以說是傻眼的話，讓萊拉不斷地道歉。

「我可以說句話嗎～～」

此時一位意外的人物開口說道。

「我覺得～～萊拉是真的住在這裡～～」

「艾美？」

艾美拉達戰戰兢兢地舉起手。

發現有人從意想不到的地方伸出援手，萊拉的表情瞬間亮了起來。

「因為我借給萊拉暫住的法術監理院的宿舍～～在她離開後也是變成這個樣子～～」

然而那隻援手帶來了一堆炸藥，並直接在眾人的面前引爆，讓萊拉臉上的笑容頓時僵住。

「那、那是因為……對不起，之前給妳添麻煩了……」

儘管萊拉坦率道歉的態度令人敬佩，但她因為不敢看女兒正以什麼樣的眼神看著自己，遲遲不敢抬頭。

「在受到志波小姐的照顧，逐漸打下生活基礎的這段期間……我在這個居民充滿活力、從未見過的國家生活過後，就不小心得意忘形了……我有在反省。」

「明明是個接連遭遇不景氣，基本上都在下沉的時代。」

真奧冷靜地吐槽，萊拉留著冷汗，表情嚴肅地搖頭。

「我看過很多失去父母的孩子在路上乞討，就這樣結束短暫一生的國家。雖然不景氣，但這裡依然有許多努力想讓明天變得比今天更好的人們，是個充滿活力的國家。只要大家都往好的方向看，世界就會朝好的方向運轉。這是件非常幸福的事情。」

「就算是這樣，妳也不能有活力到把房間弄成這樣啊。」

「嗚。」

女兒從視線範圍外尖銳地吐槽，讓萊拉一時語塞。

「路西菲爾也是如此，天使基本上就是一群生活散漫的傢伙。我開始有點在意沙利葉和加百列的生活態度了。」

「……我實在是無話可說。」

萊拉的語氣愈變愈低下。

「真的是無話可說呢。」

加百列不知為何跟著附和。

「唉……」

視線範圍外傳來惠美嘆氣的聲音，讓萊拉縮起身子。

不過——

「……遊佐小姐？」

千穗注意到浮現在惠美臉上的表情意外地平穩。

「妳覺得這麼亂七八糟的使用方式，有辦法在搬遷時拿回押金嗎？妳該不會在小看公寓生活吧？」

「只要牆壁和地板沒髒掉或壞掉得太嚴重，小美姑姑應該會退吧。」

「天禰小姐，問題不是出在這裡。既然是租別人的房子，在使用時當然要維持最低限度的整潔。」

「啊～可是某位魔王大人之所以會來我家的店打工，好像就是因為在租的房間開了個大洞吧？」

「天禰小姐，那都是這傢伙的錯。」

「喂！不是我啦！是你家的小孩做的吧！感覺你之前似乎也曾經像這樣把罪名賴到我頭上？」

意外被波及的加百列慌張地解釋。

「總而言之，無論勇者還是魔王，只要回到家就必須做家事。雖然我不知道妳是抱持著什麼樣的想法在暗中活躍，但我不想聽一個連自己的生活都顧不好的人說話。」

「那、那是……」

萊拉露出悔悟的表情，但只要看過這片慘狀，就會覺得惠美的話實在太有道理，完全無法護著萊拉。

「……喂，艾美拉達。怎麼辦。惠美那傢伙又找到不聽萊拉說話的藉口了。」

「……我也差不多開始希望她能死心了～」

話雖如此，無法決定該以什麼態度面對萊拉的惠美，最近就像換了個人似的變得猶豫不決，這確實也讓周圍的人開始覺得受不了了。

特別是待在日本時住在惠美家的艾美拉達，應該比其他人都更常看見惠美的這種樣子。

就在大家都開始死心，等著惠美用這房間的慘狀當理由離開時。

「所以雖然我今天不打算聽妳說話……但至少讓我打掃這個房間吧。」

惠美提出了一項令人意外的建議，讓萊拉原本蒼白的臉色瞬間變得紅潤。

「……艾米莉亞？」

姑且不論打掃，惠美居然說要進萊拉的房間。

「真、真的嗎？」

惠美明顯地偏過臉迴避萊拉的視線，稍微加快語氣說道。

「我只是不想讓朋友認為自己的媽媽是這種生活邋遢的人！」

「艾米莉亞……謝、謝謝妳……謝謝妳！」

即使只是被惠美間接稱呼自己為媽媽，還是讓萊拉忍不住淚眼盈眶。

「話先說在前頭，妳別忘了自己欠艾美一個人情喔。敲詐女兒的朋友這種可恥行為，真的是太差勁了。」

「好、好的……」

「最讓我不能原諒的，就是妳明明住得這麼近，卻還把照顧艾契斯的工作都丟給爸爸，還有什麼都沒說就直接將阿拉斯・拉瑪斯丟到Villa・Rosa笹塚這件事，妳可別說和妳無關喔。妳知道我們一開始有多混亂嗎？」

「嗯……對不起。」

「不過……」

說到這裡，惠美首度緩和語氣。

「這片慘狀的確是超出我的想像，但這是我第一次覺得妳『活』在我的面前。這是我今天唯一的收穫。」

「遊佐小姐……」

「艾米莉亞……」

「真不坦率～」

千穗、鈴乃和艾美拉達，在看見惠美雖然找了一堆理由，但還是稍微展現出靠近萊拉的意志後，都鬆了口氣。

「遊佐小姐，我也來幫忙……」

雖然千穗如此提議，但惠美委婉地拒絕了。

「謝謝妳。不過看這個慘狀，要是太多人進去只會妨礙彼此行動。家人惹的麻煩，就由家人來收拾吧。各位……這段時間，真的很對不起。」

惠美簡短地道歉，這段話裡，包含了她想對這一個多月來軟弱的自己所做的一切謝罪的意志。

「魔王，你呢？還有什麼事嗎？」

最後，惠美向比自己還想了解萊拉生活的真奧確認。

「……既然妳都不在意了，那我也沒什麼好說的了。剩下就隨妳高興吧。反正我也不會因為看了這個，就立刻改變想法。」

「是嗎？真不好意思。」

惠美輕輕舉起手致歉。

「……喂，要回去囉。」

「咦？已經要回去了嗎？我們到底是來做什麼的？」

也難怪艾契斯會提出這樣的疑問，但看來真奧等人的目的，原本就只有確認萊拉的生活環境。

之所以會帶艾契斯和伊洛恩一起來，單純只是為了監護人的方便。

「啊？這是怎樣？真是白費工夫！」

雖然不曉得艾契斯到底費了什麼工夫，但她似乎不滿這樣就要回去。

「唉……那就隨便找個地方吃飯吧。」

「就是要這樣才對啊！」

想安撫不肯罷休的艾契斯，果然還是只能依靠食物。

「妳才剛吃過咖哩，稍微自重一點啦。」

真奧從幹勁十足的艾契斯身上，感覺到危險的氣息。

「那麼，諾爾德，我們回去囉。」

「咦？」

真奧一準備告辭，諾爾德就難得地僵在原地。

惠美很快地就在諾爾德背後展開萊拉家的拆解工程。

「那麼！就來把這些看起來沒在用的多餘東西全部丟掉吧！」

「等等，艾米莉亞！那是我來這個國家時，第一次買的小豬花紋的襪子，我很喜歡……」

「廢話少說！既然是重要的東西，就給我好好洗過折好！明明魔王的房間收拾得那麼乾淨，妳都不覺得羞恥嗎？」

母親和女兒熱烈地展開整理大戰。

「我、我一定要留下來嗎？」

「那當然。她們是你的老婆和女兒吧？」

「呃，那個，是這樣沒錯……」

「太太和小姐就麻煩你照顧囉～」

「那個，艾美拉達小姐，那個……」

「爸爸！麻煩你去剛才路上經過的藥局，買口罩回來！要是在這種地方呼吸，可是會得氣喘的！」

「喂，遊佐妹妹在叫你喔。」

「請、請你加油……」

「接下來就讓他們一家人融洽相處吧。」

「幫我跟萊拉說這邊就交給我來處理。」

「好了！去吃飯吧！」

「要去哪裡吃好呢……」

「啊，各、各位，請等一下……」

「爸爸！還有垃圾袋、塑膠繩和夾子！」

「艾米莉亞，拜託妳等一下！我會好好拿去洗！還有那是教科書！現在也偶爾會用到，拜託不要丟掉！」

諾爾德愣愣地看著準備回家的真奧一行人。

「親愛的！救救我！」

「爸爸！不可以寵她！」

在他的背後，傳來妻子和女兒意見相反的喊叫聲。

「……爺爺。」

因為感覺有人在拉自己的褲子，諾爾德低頭往下看。

「媽媽她們有點可怕。」

「是、是啊。」

不曉得是不是心理作用，感覺阿拉斯．拉瑪斯正以緊張的表情求助，諾爾德忍不住抱起她——

「我、我得振作一點才行……」

悲愴地下定決心。

※

「不曉得遊佐小姐能不能和萊拉小姐和好。」

千穗不自覺地以空虛的眼神眺望窗外。

「很難說呢。雖然她們之間的距離縮短了，但不曉得能不能進展到和好。」

「可是～～只要距離變近～～就比較容易找到契機吧～～」

和真奧相比，艾美拉達的表情雖然不樂觀，但也不到悲觀的程度。

「話說回來，那傢伙到底打算怎麼在那個房間裡做出天使的羽毛筆啊。」

「咦？天使的羽毛筆～～怎麼了嗎？」

聽見真奧說的話後，艾美拉達驚訝地從在日本買的手提包裡，拿出剛才提到的天使的羽毛筆。

「哇啊！我是第一次看見實物！真漂亮！」

看見散發淡淡光芒的羽毛筆，千穗興奮地喊道。

艾美拉達持有的天使的羽毛筆，是萊拉之前託付給她，讓她和艾伯特來日本找惠美用的。

「萊拉說只要她有那個意思，就能在那個房間替我們每人做一支天使的羽毛筆。不曉得她是想把那當成報酬，還是想用那個叫我們幫她做什麼事。」

「……在那個房間啊～～」

艾美拉達皺起眉頭。

「雖然我不知道她想怎麼做～但感覺會沾滿灰塵～」

「就是啊。而且我只知道做那種羽毛筆需要用到大天使的羽毛，並不曉得具體的作法。喂，加百列。該不會就和民間故事裡的白鶴一樣，是拔下自己的羽毛做出來的吧？」

被真奧這麼一問，加百列以和平常一樣輕浮的笑容回答：

「如果我說是呢？」

「單純會覺得有點討厭。」

雖說是天使，但外表幾乎和人類一樣。

儘管很多假髮會用真正的毛髮當材料，但只要經過確實的加工程序，加工後完成的產物就能發揮和原材料相同的功用，讓人使用起來不會有抗拒感。

另一方面，一想到天使的羽毛筆可能是天使一根一根地拔下自己的羽毛製作而成，神聖的氣氛瞬間就跌停板了。

「唉，雖然你就算知道也沒用，不過你放心，並不是真的會把羽毛拔下來。而是使用祕術。」

加百列給了一個有回答和沒回答一樣的答案，但在聽見這句話的瞬間，千穗和艾美拉達同時想到一件事。

「咦～～可是我記得～～」

「嗯、嗯。我那時也有聽到一樣的事情。」

兩人忍不住看向真奧的臉。

「魔王那時候的確說過～～」

「惡魔無法使用天使的羽毛筆吧？」

「嗯，我的確說過這種話。」

真奧乾脆地點頭。

能使用天使的羽毛筆的，只有具備聖法氣的人。沒有聖法氣的惡魔當然無法使用。這是真奧小時候直接從萊拉本人那裡聽來的。

既然如此，在萊拉說能幫大家做天使的羽毛筆時，為什麼真奧會做出那種反應呢？

「雖然不曉得那個羽毛筆是怎麼運作……但既然惡魔無法使用，那路西菲爾也一樣嗎？」

鈴乃從旁問道。

「一半一半吧。就算能順利使用，不實際用用看也不曉得穩定性如何。」

「那、那為什麼真奧哥……」

「其中一個原因是或許能有其他的用法。再來就是現在天使毫無疑問是我們的敵人，這麼做或許能獲得一項敵人的重要情報。」

「喔～～原來是這麼回事～～」

「其他用法啊。感覺好像很困難呢。」

艾美拉達表示贊同，千穗則是開始思考有什麼樣的「用法」。

「……」

只有鈴乃以驚訝的眼神凝視真奧。

「唉，無論如何，就像艾美拉達說的那樣，我完全不想用在那個房間做出來的羽毛筆，而且目前連萊拉會不會真的做都還不確定。話說那樣真的沒問題嗎，從事醫療工作的人的私生活居然是那種德性。」

也不曉得真奧是否有注意到鈴乃的視線，他自然地聳肩轉換話題。

「不過，沒想到萊拉小姐是護理師……或許我之前住院時，曾在不知情的情況下被她照顧過也不一定。」

「這應該能夠確定吧。畢竟趁小千在醫院睡覺時，偷偷幫妳戴上戒指的一定是她。」

「這麼說也對。」

千穗想起今天也放在首飾盒裡的那只鑲著小塊「基礎」碎片的戒指。

「唉，就算她當護理師也沒什麼好驚訝的，萊拉很久以前是醫生，醫療方面的課程對她來說應該不成問題吧。」

「啊？」

「咦？」

加百列突然插進來的一句話，讓真奧等人目瞪口呆。

「萊拉是醫生？」

「嗯。」

「天界也有工作這種東西嗎？」

「與其說是有，不如說是曾經有過……不過我說啊，你們別以為每個天界的人都有像路西菲爾那樣的一流哲學。雖然大部分的人都沒工作，我也不敢說自己像日本的上班族那樣勤奮工作，但我好歹也是有『基礎』的守護天使這個工作。」

接著加百列又自嘲地補了一句「雖然我早就被開除了」。

「不過萊拉以前是真的在當醫生喔……對了。」

加百列還是一樣一臉輕浮，他看著在窗外的剪票口來來去去的西武池袋線的乘客們說道：

「是在我們變成天使之前的事情。」

「變成天使之前？」

鈴乃和艾美拉達蹙眉互望彼此，真奧也不悅地抿緊嘴。

「喔～果然是這樣啊。」

只有天禰一個人對加百列的話表示理解。

「雖然小加在肯特基工作的夥伴什麼都不肯說，但你們到底是在什麼時候『變成天使』的啊？」

「天界難道沒有職業適性這個詞嗎？」

「天禰姊，妳認識沙利葉嗎？」

加百列笑著忽視真奧的玩笑話。

「唉，總而言之，因為我們計算年月的方式微妙地不同，所以我也不太清楚正確的時間……但我們成為天使應該已經有一萬年了。」

一萬年。

對連活一百年都有困難的人類來說，是完全無法想像，甚至令人恐懼的歲月。

「加百列先生。」

「嗯？什麼事，佐佐木千穗？」

「加百列先生知道萊拉小姐行動的理由嗎？」

「嗯，大致知道。雖然我們彼此沒有聯絡，所以不清楚詳情……不過我知道她結婚，以及魔王侵略安特．伊蘇拉時的事情。另外我也間接知道艾米莉亞的存在。」

加百列大概是在從聖劍和破邪之衣上發現「基礎」碎片時知道的吧。

「唉，我和萊拉不同，是個機會主義者。萊拉選擇離開，我選擇留下。這樣的差異非常大，就算幾百年都沒聯絡也不稀奇。不過你們也遇過類似的狀況吧？多年沒聯絡的朋友某天突然找你喝茶，還若無其事地聊起以前的話題。大概就是這種感覺。」

雖然感覺起來或許差不多，但實際上對人類來說，幾個月和幾百年之間可是存在著壓倒性的差距。

「我可以當作閒聊，問你幾個問題嗎？」

「什麼問題？」

「萊拉小姐希望真奧哥和遊佐小姐，拯救安特．伊蘇拉的人們吧。」

「這樣講不完全正確，不過最終會是這樣吧。」

「那麼……大概需要花費多久時間呢？」

「小千？」

千穗的語氣毫無動搖，非常認真。

「為什麼妳會想知道這個？」

「之前加百列先生抓走遊佐小姐和蘆屋先生時，我只能留在這裡等待。因為會扯大家的後腿，所以我從一開始就不打算跟去。真奧哥和鈴乃小姐，也都跟我說會盡快『回來』這裡。可是，拯救一個世界的人類這種大工程，應該沒辦法像之前那樣一個星期就解決吧。」

「嗯。那麼，妳覺得要花多久？既然妳是魔王指定的見證人之一，應該有從萊拉那裡接受一定程度的說明吧？」

「……是的。」

千穗回想起萊拉的世界危機檔案的內容，乾脆地點頭。

「根據我的預測，最短應該不用一個月。最長可以要一百年以上。」

「咦！」

「什、什麼？」

「一百年嗎～？」

「……」

由於不曉得檔案內容和萊拉的話，鈴乃和艾美拉達驚訝地站起身，加百列佩服地抬起眉毛，真奧則是依然低著頭。

「佐佐木千穗，妳果然很厲害。我能理解為什麼萊拉那麼看重妳了。我可以順便問一下，妳是怎麼推算出這個時間的嗎？」

加百列沒有否定千穗的話，直接提出一個新問題。

「萊拉小姐和加百列先生，都為了這個計畫持續準備了好幾百年。連擁有強大力量與漫長壽命的你們，都必須花這麼多時間準備的工作，不可能那麼簡單就結束，這是其中一個理由。」

不過，我同時也覺得如果能湊齊某些偶然與條件，或許意外輕易就能結束。」

「嗯。不過，感覺不只這樣呢。」

「是的。」

千穗乾脆地點頭。

「身為『基礎』碎片的阿拉斯·拉瑪斯和萊拉小姐的女兒遊佐小姐在一起。艾契斯妹妹則是在身為惡魔的真奧哥那裡。如果是這個狀態，或許能進行非常長期的作戰也不一定。」

「等、等等，千穗小姐。這樣太奇怪了。」

「怎麼了嗎，鈴乃小姐？」

「就算是長期作戰，一百年也太長了吧。姑且不論魔王，艾米莉亞要怎麼辦？明明連艾米莉亞討伐魔王的旅程，都還不到五年……」

「這和打倒真奧哥時的狀況不一樣。因為萊拉小姐是希望真奧哥和遊佐小姐……」

千穗平靜地宣告事實。

「能夠打倒神。」

「「什……」」

鈴乃和艾美拉達倒抽了一口氣。

「神啊……居然真的營造出能出現那種東西的環境，真是不幸。」

只有天禰興趣缺缺地搶了一根艾契斯的薯條。

「小千，也不用說到這種程度……」

真奧試著制止千穗在大家於練馬站的摩茲漢堡中閒聊時，說出這項重大的事實，但被加百列阻止。

「不是說了只是閒聊嗎？反正都是你已經知道的事情，交涉也還是一樣只會在萊拉、你和艾米莉亞之間進行。不過她們也有知道真相和思考的權利。」

加百列將飲料喝完後，把杯子放到桌上。

「她們也有想幫助你們的權利吧？畢竟只要克莉絲提亞・貝爾和艾美拉達・愛德華還是安特・伊蘇拉的人，她們就是站在被你們拯救的立場。」

「……話先說在前頭。」

儘管這些話聽起來很正經，但真奧實在不想被加百列這麼說。一時想不出該怎麼反駁的真奧瞪了加百列一眼後，提醒鈴乃和艾美拉達。

「關於這件事情，我可是從頭到尾都沒說過要接受。」

「嗯、嗯……不過魔王，艾謝爾和路西菲爾對這件事……」

「蘆屋當然是說放著不管就好。至於漆原，那傢伙什麼也沒說。」

「……他什麼也沒說？」

雖然真奧想強調一切都和平常一樣，但事到如今，鈴乃才不會這樣就受騙。

「魔王，你也該適可而止了。你又在說這種不真不假的話。」

「啊？」

鈴乃稍微噘起嘴，瞪向真奧。

「那傢伙如果真的不想做，怎麼可能沒說『我堅決不想參與這種麻煩事，拜託別把我給算進去』。然而他卻完全沒插嘴，這不就表示他無法忽略這件事嗎？」

「……」

真奧不自覺地露出心虛的表情。

「雖然我不想贊同加百列的話，但我也很擔心你們的事情。稍微信任我一點吧。」

「……啊……什麼啦，真是的……這是怎樣。」

千穗對無法正視鈴乃哀求的表情，摀著臉陷入沉默的真奧說道：

「真奧哥。我也不想和真奧哥和遊佐小姐分開。如果只是一年，那我還能像加百列先生說的那樣忍耐。不過，我等不了一百年。要是讓真奧哥和遊佐小姐在一起一百年，就算是我也會嫉妒。」

「喔~千穗！妳真敢說呢！」

「嗯，因為我最喜歡真奧哥和遊佐小姐了。」

千穗堂堂正正地正面回應艾契斯半開玩笑的歡呼。

「不只是我。鈴乃和艾美拉達小姐這些安特．伊蘇拉的人，以及木崎小姐、鈴木小姐、清水小姐跟小川先生這些日本的人……有好多人都喜歡真奧哥你們。那些人應該也不希望重要的朋友離開自己到遙遠的地方一百年。所以我想問。關於接下來該做的事情，以及為什麼事情會變成這樣。」

「萊拉還沒全部告訴你們嗎？」

「加百列先生應該知道萊拉小姐不知道的事情吧？而且你剛才不是對萊拉小姐說這邊就交給你處理嗎？」

「……唉。真難搞。」

和嘴巴上說的話相反，加百列看起來十分愉快。

「而且萊拉小姐還沒對真奧哥和遊佐小姐提供必要的補償，也沒提出補償的方案。」

「是關於鐵的事情？還是讓強者去做什麼的事情？」

加百列針對「補償」這個詞搬出奇妙的比喻，讓真奧再次露出不悅的表情。

鈴乃似乎對「鐵」這個字感到有些介意，但千穗搶在她想起什麼前開口：

「雖然我聽不太懂你的比喻，但應該是後者。」

千穗以有些挑釁的眼神說道：

「我還沒從萊拉小姐或加百列先生那裡聽到，在真奧哥和遊佐小姐離開日本的這段期間，要怎麼填補麥丹勞幡之谷站前店空出來的班表。」

一個人從平常待的地方消失。

千穗已經非常清楚這是多麼沉重的事情。

「空出來的班表啊。哈哈哈。」

像是覺得千穗毅然說出的這番話很有趣而笑出聲的人，是天禰。

「我不討厭這種想法喔。不如說是喜歡。」

在那之前一直興趣缺缺地忽視真奧等人的對話，只顧著注意伊洛恩的天禰，此時首次探出身子。

「真要說起來，我的立場還比較接近千穗妹妹。因為我是站在被人添麻煩的那方。坦白講對我來說，比起不曉得在哪裡的其他星球的所有人類，還是像千穗妹妹和梨香妹妹這些這邊(地球)的人的人生重要得多了。」

「天禰小姐……」

「因為我也是和質點有關的人。」

天禰笑著露出因為黝黑的皮膚而更顯白皙的牙齒，出言提醒加百列。

「你可別誤以為千穗妹妹是在將一間小小漢堡店的工作環境，和一個世界的人類放在天平

上衡量喔？這孩子拿來和你們想救的東西比較的，是真奧貞夫和遊佐惠美這兩個『人類』的人生，和這兩個人有關的許多人的人生，以及自己的整個人生。如果你不了解這份重量，即使真奧老弟和遊佐妹妹能接受，千穗妹妹也絕對無法接受。這孩子一定會賭上性命阻止真奧老弟他們。然後希望安特．伊蘇拉的人類滅亡吧。」

「我討厭別人賭上性命呢。如果明明魔王和艾米莉亞都接受了，卻還有人做出那種事，那我會想排除那些障礙呢。」

「只是到時候，我和小美阿姨就會成為你的敵人。這你應該很清楚吧？」

「算是啦～」

加百列是質點的守護天使。

因此他比誰都知道質點的恐怖。

「好吧，我坦白招認。雖然萊拉似乎沒這個打算，但有件事即使必須花費上百年或更久的時間，或是必須限制魔王和艾米莉亞的自由，我也打算讓他們繼續做下去。我知道這樣講會不利於萊拉的交涉，但從非常宏觀的角度來看，之前麻煩艾謝爾到東大陸幫忙，也和這件事有關。不過遺憾的是，關於與耗費他們百年時間相等的報酬，以及補償他們在這段期間應該能獲得的其他利益的方案，我心裡完全沒譜。」

「不過～～先不提補償的事情～～就算過了一百年後艾米莉亞還活著～～到時候她也變成老

婆婆了吧～～？」

面對艾美拉達理所當然的疑問，加百列也彷彿理所當然似的回答。

「你們覺得艾米莉亞會像普通的人類那樣老死嗎？她有一半可是天使喔？」

「你……你的意思是？」

艾美拉達像是大受打擊般語塞。

「你們以為我、萊拉、沙利葉和路西菲爾維持現在這副模樣多久了？等成長到一定程度，肉體進入全盛時期後，天使就再也不會成長或衰老，就這樣度過永遠的時光。雖然墮天後情況可能會不同，但沙利葉之前就已經證明過無法讓艾米莉亞墮天了。」

的確，沙利葉擁有能讓天使墮天的墮天邪眼光，而惠美之前被這那道光芒照到時，雖然聖法氣有因此減少，但依然沒失去操作進化聖劍·單翼（better half）的力量，或是半天使的變身能力。

「就算不像惡魔或天使那麼誇張，應該也會很長壽吧？我不知道這個魔王活了幾百年，但他在魔界還算是非常年輕。至少還活不到我或萊拉的十分之一。」

「只要成長到一定程度，之後年齡就不是重點了吧。」

「雖然這很像是優秀的年輕人會說的話，不過無論是才能再怎麼優異的年輕人，『累積年歲』的經驗還是跟普通人一樣。明明年輕時囂張地說大人不能只看年齡，老了之後又用世代當理由批評年輕人，這種有趣的人我看多了。這是題外話。如果再跟魔王繼續說下去，或許會被當成是『交涉』，我接下來要繼續和小姐們閒聊。魔王如果不想聽，不如先回去怎麼樣？」

「……真囉唆。」

真奧不悅地起身，拿著錢包走向櫃檯。

看來他是覺得一直坐著不點東西會很尷尬。

加百列目送那道背影，接著說道：

「那麼，雖然剛才佐佐木千穗提到要打倒神，但根本就不可能有比我們『天使』還要高等的人類。如果想拯救安特・伊蘇拉的人類，就必須先打倒某個人，由於那個人是負責統率我們這些天使的存在，因此也不是不能稱那個人是神。雖然其他還有很多像卡邁爾和拉貴爾這些你們認識的棘手人物，但坦白講和她相比，都沒什麼大不了的。」

「……她？」

加百列點頭肯定鈴乃的疑問，同時看向在天禰旁邊拚命吃東西的艾契斯與伊洛恩。

「沒錯，就是慢慢地殺害真正需要這些孩子的那些人，寄生蟲的老大？」

加百列像是覺得千穗等人的反應很有趣般將手肘靠在桌上，開口說道。

「在變成那樣之前，她是個偉大的統治者、科學家、戰士，一位高潔又慈悲為懷的人物。不過從某個時間點開始，她踏入了身為人類絕對不能碰觸的領域，結果就是毀滅了幾乎一整個星球的人類。」

「那顆星球～是指既不是安特．伊蘇拉也不是地球的另一個異世界吧～～？」

似乎還不太能接受宇宙觀的艾美拉達一問——

「這樣想就行了。」

加百列就肯定地回答。

「她因為當時的經驗，即使現在做的事情同樣罪孽深重，依然誤以為這麼做對安特．伊蘇拉的人類有益。不過遺憾的是，和我與萊拉擁有相同想法的人並不多。卡邁爾就是她的首席信徒。其實也因為這樣，害他在之前的東大陸事件中吃了大虧。」

加百列看向似乎在櫃檯點甜點的真奧的背影。

「我們現在希望魔王和艾米莉亞實行的計畫，最早其實是另一個人提出來的。我和萊拉只是繼承了那個人的遺志。我將自己的性命擺在最優先，所以不像萊拉那麼認真在實行，但總之愈是觀測安特．伊蘇拉，就愈只能獲得證明那位提案者是正確的資料。不過她不願意理解這點。某天兩人決裂，並展開了一場戰鬥。她獲得了勝利，而『他』落敗了。」

加百列像是在緬懷遙遠的過去般說道。

「告訴我們真相，在那天將天界一分為二的男人名叫撒旦葉。他還是人類時的名字，叫撒旦葉・諾伊。」

「撒旦……葉？」

某人複誦這個名字，並忍不住看向在櫃檯前面背對這裡的那位青年。

過去天界也有名叫「撒旦」的人？

千穗對那個存在有印象。而且她的預測馬上就獲得了肯定。

「他就是魔界流傳的『古代大魔王撒旦』本人。而『大魔王撒旦的災厄』的『原因』或是『主謀』，就是指他。」

鈴乃驚訝地睜大眼睛，千穗在想起曾經聽蘆屋講述的過去時也倒抽了一口氣。

「他是人類嗎？」

「古代的大魔王……就是在真奧哥之前統一魔界的……」

「沒錯。」

加百列像是在期待兩人的反應般，揚起嘴角笑道：

「而殺害古代的大魔王，創造現在天界的我們的首領。也就是神的名字是……」

「神這種東西，不應該出現在人類面前。」

天爾以意外強烈的語氣說出的自言自語，在加百列說出的下一句話面前毫無意義。

「她的名字是伊古諾拉。是路西菲爾的母親。」

——待續——

作者，後記 ── AND YOU ──

這次的後記有洩漏一些本書的劇情。

請先從後記開始看的讀者小心留意。

《打工吧！魔王大人》的故事，至今一直都是維持在只要有看過電擊文庫發行的單行本，就不會對閱讀新刊造成妨礙的狀況。

不過如果有讀者沒看過之前刊載在電擊文庫MAGAZINE上那些未收錄在單行本內的短篇，在看到本書中的部分劇情的描寫時──

「咦？以前有這種劇情或設定嗎？」

可能會產生這樣的疑惑。

請放心。是真的有。

雖然至今也有出現過一些逆向從動畫版加進本篇的角色或情節，但基本上為了讓讀者只要看過電擊文庫發行的單行本就不至於影響閱讀，我在導入這些要素時都有特別留意。

不過在本書《打工吧！魔王大人》第十三集中，有許多部分是建立在那些短篇的劇情上，而那些短篇也同樣是發生在作品世界正史上的事情。

儘管不至於造成只要沒看過那些短篇就跟不上故事的狀況，但終究還是讓沒看過電擊文庫MAGAZINE的各位被迫感受到資訊落差，真的是非常抱歉。

雖然不曉得這能不能算是補償，但未來一定會將那些曾刊載在電擊文庫MAGAZINE上，但未收錄在單行本中的短篇，化為書籍送到各位手上。

希望大家能再等一段時間。

這次的後記難得變得有點像是在聯絡事務。

本書細密地集結了許多過去的劇情，讓故事一口氣加速，但時間在這段期間依然一如往常地流逝，所以最後其實是這些每天換衣服、工作、吃飯、在家睡覺的人們，憑自己的意志讓自己的人生加速的故事。

遺憾的是，和ヶ原執筆的速度並沒有加快多少，即使如此，下次我還是會盡可能早點和大家見面。

再會囉！

國家圖書館出版品預行編目(CIP)資料

打工吧!魔王大人 / 和ヶ原聡司作；李文軒譯. -- 初版. -- 臺北市：臺灣角川, 2015.08-
冊； 公分
譯自：はたらく魔王さま!
ISBN 978-986-366-658-5(第12冊：平裝). --
ISBN 978-986-366-933-3(第13冊：平裝)

861.57 104011630

Kadokawa
Fantastic
Novels

打工吧！魔王大人 13

（原著名：はたらく魔王さま！13）

２０１６年１月28日　初版第１刷發行
２０１８年８月13日　初版第２刷發行

作　　者：和ヶ原聡司
插　　畫：０２９
日版設計：木村デザイン・ラボ
譯　　者：李文軒

發 行 人：岩崎剛人
總 經 理：楊淑媄
資深總監：許嘉鴻
總 編 輯：蔡佩芬
編　　輯：黎夢萍
美術設計：黃永漢
印　　務：李明修（主任）、黎宇凡、潘尚琪

發 行 所：台灣角川股份有限公司
地　　址：１０５台北市光復北路11巷44號５樓
電　　話：（02）2747-2433
傳　　真：（02）2747-2558
網　　址：http://www.kadokawa.com.tw
劃撥帳戶：台灣角川股份有限公司
劃撥帳號：19487412
法律顧問：寰瀛法律事務所
製　　版：尚騰印刷事業有限公司
ＩＳＢＮ：978-986-366-933-3
香港代理：香港角川有限公司
地　　址：香港新界葵涌興芳路223號
　　　　　新都會廣場第2座17樓 1701-02A室
電　　話：（852）3653-2888